新　潮　文　庫

# 闇は知っている

池波正太郎著



新　潮　社　版

2811

# 闇は知っている

# 後家殺し

一

木立に、蟬《せみ》が鳴きこめていた。

四季を通じて雨の多い北国だが、真夏のいまごろは、よく晴れた日がつづくのである。

その日の午後も、いつもの時間《とき》に、真方寺《しんぽう》の僧・隆心《りゅうしん》は、寺の裏山にすそを切りひらいてもうけられた墓地の掃除をしていた。

「ああ……」

この年で十七歳になる隆心のくちびるから、ためいきがもれた。

箒《ほうき》を投げ捨て、墓石にかこまれた草の上へ腰をおろし、隆心は、

「つまらぬ……」

と、つぶやいた。

北から西へかけての空に、夏雲がわき出ている。雲の下には日本海が横たわってい

た。

雲の峰をながめている隆心の横顔は美しい。この年ごろの僧というものは、若者特有のあぶら臭さが充満していて、禁欲の僧門に在るだけに、それがさらに強烈なものとなる。

だが、隆心の白い肌は夏でもふしぎに陽灼《ひや》けをせぬし、濃くて細い眉《まゆ》や切長の目や、かたちのよい鼻すじなどによって形成されている細面の顔を見て、

「ありゃ、まことは女じゃないか……」

などと、以前はよくうわさされたものであった。

「隆心さんはな、真方寺の和尚《おしょう》さまの稚児《ちご》(男色の対象になる美少年)じゃそうな」

などと、いまもいわれているし、

「ばかばかしい。そのようなことを気にするでない」

と、老和尚の隆浄《りゅうじょう》は笑ってとりあわぬけれども、隆心は、無性に怒りがこみあげてくる。

「ああ、いやだ。坊主《ぼうず》なぞ、つまらぬ……」

また、隆心が〔ひとりごと〕をいった。

老和尚のほかには、はなし相手になってくれる僧もなく、隆心は、この墓地へ来て独言をするのが、もうくせになってしまったようだ。

どれほどの時間がすぎたろうか……。

放心したように雲をながめている隆心の耳へ、なにか、人の叫び声のようなものがきこえた。

(何だろう?)

おもわず、ふり向くと、

「ひえ……」

まさに女の悲鳴が、彼方《かなた》の墓石の蔭《かげ》からきこえた。

あわてて箒をつかみ、駈《か》けつけて見ると、顔見知りの庄屋の後家のお吉《きち》が夏草の上へ、まるで腰がぬけたような恰好《かっこう》で、倒れてい、

「た、助け……助けて……」

わなわなとふるえる双腕《もろうで》をさしのべるようにした。

「どうかしましたか?」

「り、隆心さん……へ、蛇が、蛇が……」

「えっ……」

「ま、蝮《まむし》に、足を……」

「ど、どこに……」

隆心は箒をかまえ、きょろきょろあたりを見まわしたが、

（蝮め、逃げたらしい）

のである。

「ああ、もう……助けて、早く……」

お吉が隆心の腰へしがみついてきた。

蝮に嚙《か》まれたというなら、すこしの猶予《ゆうよ》もならなかった。

「お吉さま、そこへ足を出して、早《はよ》う……」

いいつつ隆心は、帯にさしはさんであった小さな剃刀《かみそり》を取り出した。この墓地へ来る前に、兄弟子のあたまを剃《そ》ってやり、そのまま布にくるんで帯へはさんでおいたのがよかった。

草の上に、お吉の左足が白く浮いて見えた。

お吉は、下ぶくれの顔をしかめ、あぶら汗にぬれ、微《かす》かなうめき声を発しながら、半ば失神状態になってしまっている。

「お吉さま、がまんして下され」

隆心は、お吉の左足をつかみ、脹脛《ふくらはぎ》に見える蝮の歯のあとを、剃刀で浅く十字に切り裂いた。いつか兄弟子にきいたことを、おもいきって実行にうつしたのだ。

「あぁっ……」

お吉が絶叫をあげて上半身を起し、恐ろしいちからで隆心のあたまへ抱きついてきた。

隆心は剃刀を捨て、脹脛の傷口へくちびるをあて、懸命に毒血を吸っては吐き、吐いては、また吸った。

「あ、う、むう……」

お吉が半眼をとじ、妙なうなり声をもらし、ぐったりと仰向けに倒れ、身じろぎもしなくなった。

お吉の足から顔をはなした隆心は、はだけた女の裾《すそ》からわずかにのぞいている、むっちりと白い太腿《ふともも》のあたりに、小さな黒子《ほくろ》を見た。

それは、鮮烈な印象であった。

このときのことがなかったら、

「おれの一生も、別なものになっていたにちがいない」

と、のちに〔山崎小五郎《やまざきこごろう》〕と名のるようになった隆心が述懐《じゅつかい》している。

二

その翌日から……。

墓地の掃除に来て、いっときの間、空をながめてものおもいにふける隆心の脳裡《のうり》から、どうしても消えぬものができた。

（坊主《ぼうず》になるのはいやだ。つまらない……）

ひたむきに、理由もなくおもいつめていたことよりも、毒蛇に嚙《か》まれたときの、お吉の太腿《ふともも》の黒子《ほくろ》が想《おも》いうかべられてくるのである。

あのときの、もがきぬいて乱れた裾《すそ》の奥ふかいあたりのほの暗さと、成熟した女のなまなましいにおいとが、いまも隆心の嗅覚《きゅうかく》に、はっきりとのこされていた。

隆心は、捨て子であった。

むろん、そのことは記憶にない。

彼が〔ものごころ〕ついたとき、すでに、あたまをまるめられていた。

七歳になったとき、真方寺の和尚《おしょう》・隆浄が、

「いまのうちに申しておいたほうがよい」

と、隆心が捨て子だったことを打ちあけてくれたのである。

「雪のふりつもった明け方に、お前は、この寺の門前に捨てられたのじゃ。小五郎と名をしたためた紙きれといっしょに、な」

だから隆心は、ものごころついたときから、父とよび母とよぶ人もなく、そのままに育ちあがったということになる。

この生いたちは、たしかに異常といわねばなるまい。

「おれはな……」

と、のちに隆心の山崎小五郎が語っている。

「生まれてこのかた、いちばんに強くおぼえていることは、母親の乳房《ちち》でもねえ、父親の声でもねえ。なんと、うす暗い寺の庫裡《くり》の中で、鼠《ねずみ》の野郎に手のゆびを噛みつかれたことさ。それがな、あとできいてみると、おれが五つのときのことだそうだ。人というものは父親と母親がある、ということを、おれは寺のまわりの村人の暮しから知ったわけだが……そのときは、子供ごころにも妙なこころもちがしたものだ。なぜというに、寺の中には坊主ばかりで、父親も母親もいねえのだからな」

ところで……。

真方寺は、筒井土岐守《つついときのかみ》の城下から二里ほどはなれた鷲尾岳《わしおだけ》のふもとにあった。

筒井藩は、日本海に面した十万五千石の雪国を領有している。

真方寺の隆浄和尚は、捨て子の隆心を、

（まるで、わが子のように……）

いつくしみ、かたときも傍《そば》からはなさずに育てあげたものである。

他の寺僧たちが、

「和尚さまも、どうかしている」

「たかが、捨て子ではないかよ」

「それなのに、使い走りもさせぬというのは、どういうわけじゃ」

嫉妬《しっと》して、うるさかった。

こういうわけで、隆心は、同じ寺に住み暮す僧たちと親しく語り合わぬようになっていたのだ。当然である。

隆浄和尚の、いささか常軌《じょうき》を逸した愛育がなかったら、彼は子供のうちに、真方寺から脱走していたろう。

隆浄和尚は、たまさかに、筒井土岐守の城下町〔藤野〕へ出かけて行くことがある。

ふしぎなことに……

藤野へ出かけて行くときは、隆心を供につれては行かぬ。

もっとも、寺の近くの村々へ出向くときも、なるべく隆心を外出させぬようにしてきた。

「隆心を外へ出してはならぬぞ」

和尚が、こういいおいてゆくと、寺僧たちは、半ばおもしろがり、半ば意地悪をして、きびしく隆心を見張った。

隆心としては、和尚が自分にかけてくれる愛情はわかるけれども、やはり、

(おもしろくない)

のである。

子供のころはさておき、十七歳の若者になった隆心にとって、外の世界にふれるこ

とができぬのは、まことにさびしい。

和尚は、ただもう、

「一心に修行をつめ」

と、いい、

「立派な僧侶《そうりよ》となったときは、わしが、お前を、かならず外へ出してやろう。このような雪国ではなく、もっと気候があたたかく、学問のためにもなる、よい国の寺へお前を入れてあげよう。そして行く行くは、一寺《いちじ》をあずかるほどのものになってくれよ、よいか、隆心。たのむぞよ」

折にふれ、はげましてくれるのだが、隆心の性格は本質的に僧侶のものではなかった。

経文なぞよんでみても……また、和尚の説教をきいてみても、

（つまらぬ）

のであった。

それは、そうかも知れぬ。

生まれ落ちてすぐに、仏門の暮しをつづけてきているのだから、世の中のことがさっぱりわからぬ。世の中のことがわからぬのでは、その世に生きる人間の苦しみを救おうとする経文のこころもわからぬはずではないか。

(こんなことをして、一生を終るのか……?)

漠然と不満をおぼえていた隆心の胸が、はじめて燃えあがったのは、やはり、庄屋の後家・お吉との交渉がはじまってからであろう。

お吉は、真方寺に近い柴白村《しばしろ》の庄屋・中田与兵衛の妻であった。

二年前に与兵衛が疫病《えきびょう》にかかって急死をし、お吉は後家となった。

いまは、亡《な》き与兵衛の弟・与平治が庄屋の家の後見人となってい、与兵衛とお吉の間に生まれた茂太郎(十歳)が成長したあかつきに、家をゆずりわたすことになっているそうな。

お吉が毒蝮《どくまむし》に嚙まれてから一月《ひとつき》ほどすぎた或る日のことだが……。

例のごとく、隆心が墓場の掃除をすませて、ぼんやりと空をながめていると、

「もし……」

すぐうしろの墓石の蔭《かげ》から、お吉の声がした。

「あ、お吉さまか……そうじゃ。今日は庄屋さまの命日でしたね」

「はい。先月の今日、蛇に嚙まれたのですよ」

にっこりと笑って見せるお吉の、わずかにくれたあごのあたりに、女ざかりのあぶらが光っている。

「そ、そうでした」

「早いものですねえ」

「はい……」

「けれど……」

「え……？」

「隆心さんは、このような山寺の坊さんには、とても見えませぬ」

「なぜ……？」

「美しくて品がよくて、おっとりしていて……ねえ、隆心さん」

「はい」

「和尚さまは？」

「御城下へお出かけになりました。今夜は、御家老さまの堀井《ほりい》又左衛門《またざえもん》さまのお屋敷へお泊りになるそうです」

「まあ、そうでしたか」

「はい」

「隆心さん。おいしいものをこしらえてきました。わたしがこしらえたのですけれど……」

餡《あん》をまぶした餅《もち》をつめた重箱を見せ、

「ここでは、ほかのお坊さんが来ますし、……ね、こちらへおいでなさい」

お吉が先に立ち、墓地のうしろの杉林の中へ入っていった。

この裏山は、筒井藩が真方寺の寺領としてくれたもので、山腹の杉林の中には〔山仕事〕につかう道具を入れておく小屋がたてられてあった。

この小屋の中へ、お吉は隆心をみちびいて行ったのである。

「さ、おあがりなさい」

竹の水筒には、茶も用意してある。

食べざかりの隆心だけに、

「先日のお礼のしるしなのですよ」

お吉に、そういわれると、遠慮なく餅の馳走《ちそう》になった。

小屋の中は、うす暗かった。

戸の隙間《すきま》から、晩夏の陽光が縞《しま》になって見える。

隆心は、はっとした。

えりもとに、なまあたたかい感触をおぼえたからである。

それは、お吉のくちびるであった。

お吉が、隆心のくびすじを吸ったのである。

「あ……」

「隆心さん。こわがらなくてもよいのですよ」

餅を口へ入れながらも、せまい小屋の中にこもるお吉の体臭に惑乱《わくらん》しかけていた隆心の眼の前に、お吉の熟れきった乳房がゆれていた。

いつの間にか、お吉はえりもとを押しひろげていたのだ。

「ね、わかりはしません、だいじょうぶなのだから……ね……」

「お吉さま……」

お吉の双腕《もろうで》が、隆心のくびを巻きしめてき、あっとおもう間もなく、隆心の口中へ、お吉の舌がさしこまれてきた。

「わたしの、いうとおりにしていればよいのですよ」

「ああ……お吉さま、いけませぬ」

「だいじょうぶ、だいじょうぶですよ」

隆心は、押し倒されていた。

お吉の手が、隆心の白い法衣の裾《すそ》の中をまさぐってきた。

三

このときから、隆心とお吉の〔あいびき〕の場所は、杉林の山小屋の中にきめられた。

お吉は、わざと迂回《うかい》し、墓地の裏山から杉林の中へ入って行く。

隆心のほうでは、日に一度の墓地の掃除の時刻に、かならず小屋の中をのぞいて見ることにした。

「出て来られるときは、かならず待っていますよ。けれど、もし、わたしがいないときは、その日はもう来ないものとおもって下さいね」

と、お吉が隆心にいいふくめた。

（人間《ひと》には、このような世界があったのか……）

隆心は、愕然《がくぜん》とした。

細い若木のような隆心の躰《からだ》の底から衝《つ》きあげてくる性欲は、強靱《きょうじん》をきわめてい、飽くことを知らなかった。

「ああもう……こんなおもいをしたことがない……」

と、お吉のほうも有頂天となり、

「もう、いっそのこと、隆心さんと、どこかへ……どこかへ逃げて行ってしまいたい」

などと口走る。

「お吉さま、逃げましょう、いっしょに……」

隆心がおもわずいったとき、お吉は、

「でも、いますこし……折をみて……それよりも隆心さん、早《はよ》う、わたしの躰を、もいっそ、粉々《こなごな》にして下され。な、早う……」

すさまじい狂態をしめし、あとは隆心に、ものもいわせなかった。

こうしたわけで、隆心の生活は一変したわけだが……。

そのころ、お吉の豊満な肉体だけをおもいつめながら日を送っていた隆心に、ひとつだけ強い印象をのこした出来事があった。

その日。

小屋にお吉がいなかったので、隆心は墓地へもどり、いらいらと掃除にかかった。

と……。

人の視線を感じた。

(お吉さまか……?)

目をあげると、向うの墓石の間に、立派な風采《ふうさい》の武士が、凝《じっ》と、こちらを見ている。

この武士が、筒井藩の国家老・堀井又左衛門《またざえもん》であることは、隆心も知っていた。

真方寺の隆浄和尚《おしょう》は、堀井家老と親交がふかい。

こちらからもたずねて行くし、向うからも、よく寺へ顔を見せる。

隆心は、ていねいにあたまを下げた。

堀井又左衛門も、これにこたえる。

しかし、そのこたえ方が異常であった。

いつもと、ちがっていた。

筒井家十万五千石の国家老をつとめるほどの大身である堀井又左衛門が、小坊主《こぼうず》の殻からぬけ出たばかりの隆心へ対し、ふかぶかとあたまを下げて、あいさつを返したのである。

このようなことは、かつてなかった。

（……？）

隆心は何故《なぜ》か、どぎまぎしてしまった。

同時に、

（妙な……？）

と、感じた。

なぜに妙なのか、それは自分でもわからぬ。

隆浄和尚が墓地へあらわれたのは、このときであった。

墓地の二人を見た和尚の顔に、動揺の色がうかんだのを、隆心は見逃さなかった。

これもおかしい。

和尚と堀井家老が碁《ご》を打っているときなど、隆心は何度も茶をはこんでいたし、そうしたときの和尚にも又左衛門にも、このような奇異な態度はまったく見られなかったのである。

和尚は、小走りに近寄って来て、堀井家老の袖《そで》を強くひいた。

家老はうなずき、いま一度、隆心をながめた。

その堀井家老の、底ふかい光をたたえた眼《まな》ざしにしても、おもえばふしぎであった。

(なにか、わけがあるのでなければ、あのような目つきで、私をごらんなさるはずがない)

からである。

もっとも、これは隆心の感受性が人一倍にするどかったからで、他人が傍からこのありさまを目撃しても、別だんに奇妙ともふしぎともおもわなかったにちがいない。

「お、隆心か、あとで、茶をたのむぞ」

すぐに、隆浄和尚の顔色は平常のものとなっていた。

にこやかに隆心へことばをかけるや、堀井又左衛門をうながし、墓地から去って行ったのである。

(いったい、お二人ともどうなされたのだろう。私が、いったい、なにをしたというのだ……?)

いくら考えても、わからなかった。

お吉のことが、和尚たちにわかったのだろうか。

(いやいや、そのはずはない)

のだし、そもそも、お吉のことで堀井家老が、あのようなあいさつを自分にするわけのものではないではないか。

だが、このこともすぐに忘れた。

翌日は、お吉が小屋に待っていた。

次の日も、お吉は来た。

いつの間にか夏が去っている。

北国の秋が、駈足《かけあし》でやって来た。

こうなると、またたく間に冬がやって来るのだ。

そして……。

隆心とお吉の密会が、人の口にのぼるようになった。男女のこうしたことを、いつまでもかくしきれるものではない。

四

或《あ》る夜。

隆浄和尚《おしょう》が、そっと隆心をよび寄せ、

「明日からは、この寺を去るのじゃ」

と、いった。

隆心は、さほどにおどろかない。

自分とお吉のことが、人のうわさになっていることも知らぬではない。

そのことよりも、むしろ、このごろはまったく、お吉が杉林の小屋へ姿を見せぬことのほうが、不安であった。

(お吉さまは、人の口をおそれているのか?)

と、おもいはしても、お吉の肉体をもとめる隆心の飢餓感は、

(われながら、そら恐ろしくなるような……)

ものであった。

いまの隆心は、

(お吉さまと共に、ここから逃げ出したい)

そのことのみを考えつづけている。

寺僧たちの冷笑の目など、気にもならなかった。

(なんとしても、お吉さまに会いたい。この上は、もう待てぬ。私が行こう。私が庄屋の屋敷へ……)

お吉の寝間へ忍んで行くことを、熱しきったあたまの中で、昨日も今日も考えつづけていたのである。

だから和尚に、

「寺を去るのじゃ」

と、いわれたとき、

（いよいよ破門をされ、真方寺から追い出されるのか。それならそれでよい）

隆心は、むしろ興奮した。

お吉との新しい人生を想《おも》ってである。

だが、この想いはたちまちに打ちくだかれた。

「もはや、なにもいうまい。いわずともわかっていよう。明日から、お前は霧《きり》ヶ谷の一方《いっぽう》寺へ行くのじゃ」

と、和尚はいい、

「わしがつれて行く」

厳然《げんぜん》として申しわたした。

霧ヶ谷の一方寺は、ここから十七里余も山の中へ入ったところにある。そのあたりは飛騨《ひだ》の国との国境にも近い。

一方寺も真方寺も同様に、山寺であるが領主の筒井家とは関係のふかい寺である。

隆心は、

「はい」

と、承知の態《てい》を見せ、悄然《しょうぜん》として自室へ引き取った。

小坊主《こぼうず》のときから、彼は一室をあてがわれている。これも他の僧たちにくらべると破格のあつかいであった、といってよい。

夜がふけた。

隆心は、真方寺をぬけ出し、柴白《しばしろ》村の庄屋の屋敷へ向った。金は一文もないが、手まわりの品を包みにして肩へ背負い、わらじをはいた。

月もない。暗い夜である。

庄屋の屋敷へ潜入することなど、わけもないことだ。

むかしから、盗賊などがあらわれたことのない村ゆえ、どこの家でも戸じまりなぞしていない。庄屋・屋敷の門は閉じられているけれども、低い土塀《どべい》を乗りこえれば、わけもなく敷地へ入れた。

母屋《おもや》の西の端の部屋に、お吉が、わが子の茂太郎とねむっていることを、隆心はお吉からきいている。

馬小屋の傍から奥庭へ入りこむと、庭づたいに、お吉の寝間の前へ行けた。

隆心はそっと雨戸を叩《たた》いた。

「もし……もし、お吉さま。隆心です。ここを開けて下さい」

低く呼びかけては、また叩く。

戸が内側から開いた。

お吉が開けたのだ。

「あ、お吉さま……」

「叱《し》っ……」

「寺を、追い出されました」

と、うそをいった。

「なんですと……」

「追い出されたのです。逃げて下さい」

「叱っ……」

お吉が、叱りつけるように、

「庭の向うの物置小屋の中で、待っていなされ」

と、いった。

その声に、いつものような情《じょう》がない。

冷えていて、硬い口調であった。

「もし……」

「すぐ、行きます。は、早《はよ》う!」

「は、はい」

ことばにしたがうよりほかはない。

お吉のいうままに、隆心は物置小屋へ入った。

間もなく、お吉があらわれた。

寝衣《ねまき》をぬぎ、きっちりと衣服を身につけている。それを見て隆心は、

(いっしょに、逃げてくれるのだ……)

と、おもった。

「さ、これを……」

立ったままで、お吉が金包みを隆心にわたし、

「そのお金、これは、寺を追われたお前さまにさしあげます」

「え……」

「わたしは、困っています。妙なうわさをたてられては困るのですよ」

隆心は、あきれた。

なにが、いまさら困るのだ。

火をつけたのは、お吉のほうではないか。

「妙ないいがかりはつけんとおいてほしい。わかりますね」

わからぬ。

取りつく島もない、お吉であった。

村にうわさがたったので、後見人の義弟や奉公人、それにわが子の手前もあり、後

家の火あそびは、女の打算によって冷えてしまっている。

というよりも、お吉には、義弟・与平治と再婚をするはなしが親類から出て、乗気になっていたのだ。

与平治の嫁は二人の子をのこし、つい二月ほど前に病死している。

「隆心さんとわたしとの間には何事もないのですよ、わかっていますね。さ、そのお金をもって、早く帰って下され。屋敷のものが目をさましたら困ります。さ、早う、早う……」

闇《やみ》の中で、追い立てるようにいわれたとき、隆心の細い眼が尚《なお》も細くなった。お吉が手にしている手燭《てしょく》の灯《あか》りをうけた彼の両眼が、ほとんど閉じられたようにおもわれた。

これは、隆心の感情が激したときにおこる状態なのだ。

悲しいにつけ、うれしいにつけてである。

「お吉さま……」

「さ、早う、早う……」

「お吉さまは私と、あのようなことをしておいて、よくもそのようなしらじらしいことがいえる」

隆心の声が不気味に、しずかなものとなって、

「女とは、おどろいたものだ」

「何もせぬ。わたしはお前と、何もせぬ、というてじゃないか」

「どうしても、いっしょに逃げて下さらぬという……」

「あたりまえではないか。ばかなことを……」

「畜生」

「なにをするのじゃ」

隆心の、しなやかな腕がするりとのび、お吉の喉《のど》を扼《やく》した。

「う、うう……」

うめいたのも、ごくわずかの間で、お吉は小屋の土間へ、ぐったりと倒れた。

(殺した。死んでしもうた……)

隆心は、倒れているお吉を、しばらく見下ろしていたが、

「けだものめ……」

お吉の顔を土足で、ふみにじった。

それから小屋を出て、しっかりした足どりで庄屋の屋敷を去った。

この異変に気づいたものは、一人もいない。

お吉がよこした金は小判が十枚であった。

隆心は、こうして故郷から逃げた。

追手のかかることも考え、本街道へは決して出ず、山道をえらんで歩き、昼間は山林の中にねむり、夜から朝にかけて歩いた。

そして七日後に、彼は国境をこえ、越後《えちご》の国へ入ったのである。

五

隆心の、流浪《るろう》の旅がはじまった。

その年が暮れるころに、彼は、江戸へ入っていた。

それまでの難儀《なんぎ》、苦労をいちいちのべていたら、きりもないことだ。

当時は〔道中手形〕という、一種の身分証明書がなければ、旅行ができぬことになっている。

どこの国の、どこの町に、どのような人びとが住んでいるということは、もうきまりきっていて、他国から人が入って来れば、すぐに、

〔目についてしまう〕

のであった。

A大名の領国から、無断でB大名の国へ入ることはゆるされない。

天下は徳川幕府と将軍がおさめているけれども、日本の国は何十にも分れ、これをそれぞれの大名が統治しているのである。

それぞれに風土がちがい、法律も政治もちがう。

だから、封建時代の日本には、無数の〔国境〕が存在していたのだ。

ところで、隆心は犯罪者であった。

当然、筒井家の追手に捕えられれば、罪人となる。

けれども、他国へ逃げこんでしまえば、筒井家の警吏が多勢でふみこむわけには行かぬ。

その点は、犯罪者にとって現代よりも都合がよい。

よいけれども、身分を証明するなにものもなく、家も家族もなし、ただひとりで放浪の旅をするということなら、これは、

〔無宿者〕

になってしまう。

おもてむきに一戸をかまえ、天下はれて人なみの生活をいとなむことはゆるされない。

したがって、無宿者は、世の中の裏道を歩むことにならざるを得ない。

さいわいに隆心は、僧としての生活が身についていた。

封建時代の僧侶《そうりょ》は、たとえ旅を行く托鉢《たくはつ》僧にしても、世の利害からはなれた、きびしい求道者《ぐどうしゃ》としてみとめられている。

これは、なにかにつけて便利であった。

山里を歩いていて日が暮れてしまえば、村人の親切によって、一夜を泊《はく》すこともできる。

托鉢をすれば、食物や銭の喜《き》捨《しゃ》をうけることもできる。

いかに、

（坊主《ぼうず》が大きらい）

な隆心でも、経文をとなえることなら、これはもう小坊主のころからしていることなので、だれの目が見ても、一人前の坊主なのである。

はじめは、追手を恐れてこわごわと旅をしていた隆心だが、越後《えちご》から信州へ入ると、

（たかが、私のような坊主ひとりを、わざわざ追って来るはずもない）

自信が出て来た。

そうなると、生まれてはじめて見た世の中の、人びとの生態が目をみはるほどの新鮮さで、彼をとらえた。

なにもかも、めずらしい。

隆心は、決して寺の門を叩《たた》かない。

民家に泊めてもらうか、または旅籠《はたご》に泊った。

お吉がよこした金十両の、つかいでのあることに、彼は瞠目《どうもく》したものだ。

江戸へ入るまでに、隆心は何人もの女の肌を知ってしまった。

旅籠でも民家でも、庄屋の屋敷でも、美男で若い托鉢僧の隆心へ手をさしのべる女がすくなくないのである。

(お吉のような女は、どこにでもいるのだな)

なのである。

自分をもてあそび、だましておいて、追いはらおうとしたお吉を、

(あのような悪い女は、この世に二人といまい)

などと、おもいこんでいた隆心だが、

(別に、なんということもない。女という生きものの本体は、まこと、あのように汚《きた》ならしいものなのだな)

それにしても、

(お吉を殺してしまった……)

ことは、もう二度と故郷へもどれぬ身となったことを意味している。

(どうともなれ)

であった。

旅の空で、さしのべてくる女の手を隆心は拒まなかった。

それにまた、お吉によって、いったん女体とまじわるよろこびを知ってしまった隆

心の、若い性欲は押えようとしても押えきれるものではない。

ひそかに、酒の味もおぼえた。

こうなると、托鉢僧の姿を借りた無頼者《ぶらいもの》になりかけてきている。

(わけもないことだ)

やさしげな、まるで若いむすめのようにか細い旅の托鉢僧なのである。

町や村の、裕福そうな家や屋敷の門口に立って経をとなえれば、かならず喜捨があった。

日暮れて、これぞとおもう家へ行き、哀《かな》しげに、あわれげに一夜の泊りをたのめば、ことわられるためしがないことも知った。

(世の中とは、こんなものなのか……食べて寝て、女を抱く、これだけのことにすぎぬ)

江戸へ入り、十八歳の正月を迎えた隆心は、この後、二年にわたって諸国をめぐり歩いた。

美しい顔貌《がんぼう》は、そこなわれない。

だが……。

いつも、ねむったように細められている両眼の底にひそむものは、真方寺にいたころの隆心になかったものだ。

卑《いや》しいこころをかくしている托鉢は、単なる物乞《ものご》いにすぎぬ。むしろ、堂々と路傍にすわって物乞いする乞食《こじき》のほうがましであった。

隆心の狡智《こうち》は、いよいよ研ぎすまされていった。

一年を旅をしてまわることは、一つところにいて平凡な暮しをつづけている十年に匹敵《ひってき》しよう。

女たちから金をしぼりとることもおぼえた。

山里の森蔭《もりかげ》へ、少女のようにあどけない村娘をつれこみ、なぐりつけて失神させ、これをけだもののように犯したこともある。

人も殺した。

たくましい旅の武士と道づれになったとき、その武士が隆心の美貌《びぼう》に昂奮《こうふん》し、山林の中へさそいこみ、手ごめにしようとした。

隆心は、おとなしく、されるままになっている様子を見せておいて、隙《すき》をつかむや、武士の脇差《わきざし》を引きぬき、これを相手の腹へ突き刺した。

すこしも恐ろしくなかった。

武士の懐中には七両余の金があった。これをうばいとり、そ知らぬ顔で街道へもどったとき、隆心は、

「人を殺すことなど、わけもない」

声に出して、つぶやいたものである。

六

隆心が、真方寺を出てから三年目の秋が来た。

隆心は、二十歳になっていた。

その秋の、或《あ》る日の夕暮れのことだが……。

隆心は、いつもの托鉢《たくはつ》僧の姿で、中仙道が信州・小田井の宿場へかかる手前の前田原を歩いていた。

芒《すすき》の群れの中を道が通っている。

血のような夕焼けであった。

(なんだろう……?)

芒の道の彼方《かなた》に、二つの影が、もつれ合うようにしてうごいている。

近づいて見ると、道へ倒れた男を、別の男が介抱しているのだ。

「あっ……」

介抱している男が、隆心を見て、飛び立つように立ちあがり、

「もし、旅の坊さま」

よびかけてきた。

「どうなされた？」

と、隆心。

「あ、主人《あるじ》が急病なのでございます。ちょっと……、ちょっと、こちらへ」

袖《そで》を引かんばかりにして、男が〔主人〕とよんだ人の前へ、隆心をつれてきた。

〔主人〕は、土気色の顔にあぶら汗を浮かせ、両手を胸の左下あたりへ当てがい、うめいていた。

四十がらみの、立派な旅姿をした商人ふうの〔主人〕であった。

隆心は一目見て、心ノ臓の発作が起きたのだ、とおもった。

「これは、うごかしてはいけない」

「さ、さようで」

「早く、小田井の宿場へ駈《か》けつけ、医者と、お前さんの御主人を乗せてはこぶ乗物をととのえて来なされ」

「は、はい」

「私が、それまで、介抱をしていましょう」

「では、おねがいを申します」

「ああ、よいとも」

発作を起しているのは、近江《おうみ》・長浜の呉服商で〔美濃屋半兵衛《みのやはんべえ》〕だ、と、供の者は告げ、肩に荷物をかついだまま、いっさんに小田井のほうへ駈け去った。

「う、ううう……」

両眼をとじ、うめいている美濃屋半兵衛をながめていた隆心が、あたりへ目をくばった。

人影はない。

夕風に芒の穂が鳴っているのみであった。

死への恐怖と、胸の疼痛《とうつう》に苦悶《くもん》している美濃屋半兵衛を見下ろしている隆心の両眼が、針のように光った。

「もし、もし……」

よびかけながら隆心は、美濃屋の胸へ手をあて、しずかにさすってやりながら、

「もうじきに、迎えが来ます。医者も来ますからね」

ささやきかけた。

美濃屋が、うなずき、両手で隆心の法衣をつかんだ。

必死に、隆心をたよっている様子なのである。

「大丈夫、大丈夫ですよ」

「……ご、ごしんせつに……」

「はい、はい」

いいつつ、もう一度、隆心があたりの気配をうかがった。

夕闇《ゆうやみ》が、かなり濃くなってきている。

隆心の手が、そろりと美濃屋のふところへ入った。

まだ、美濃屋は気づかぬ。

隆心の手は、さらにふかく入った。

美濃屋が、ぎょっと目を見開いた。

「な、なにをしなさる」

隆心の躰《からだ》が、猛然とうごいた。

「わあっ……」

美濃屋の悲鳴があがった。

美濃屋が、腹へ巻きつけていた胴巻を強奪し、隆心は芒の中へ走りこんだ。

なんとも手ぎわがす早い。

撲《なぐ》り倒された美濃屋半兵衛は、しばらくの間、道にうごめいていたが、そのうちにうごかなくなった。

半兵衛の供の男が、医者と、戸板をかついだ人足をつれ、もどって来たとき、すでに美濃屋は息絶えていた。

＊

それから五日目の夜。

隆心の姿を、武州・熊谷《くまがや》宿の旅籠《はたご》〔小松屋新三郎〕方に見出《みいだ》すことができる。

奥まった二階座敷であった。

隆心は、

「たまには、お酒も躰の薬になりますのでね」

なぞと女中にいいわけをし、はこんでもらった寝酒を、床の中でのんでいた。

女中には余分に〔こころづけ〕をやってある。

夜ふけてから、女中が隆心の床の中へ忍びこんでくる約束が、もうできていた。

「ふ、ふふ……」

酒をのみながら、隆心が忍び笑いをもらした。久しぶりに入った大金である。

美濃屋半兵衛の胴巻には百二十余両も入っていたのだ。

(死んだかな、あの男……いやなに、供の者がもどるまで生きているだろうよ。それなら大丈夫だ)

たとえ死んだとしても、

(それなら、それでよいさ)

であった。

これに近いことを、いや、もっとすさまじい所業を、この三年の間に、隆心は何度も仕てのけていたらしい。

「ふ、ふふ……」

また、笑いが出た。

百二十両という大金をつかんだのは、生まれてはじめての隆心なのである。

（この金を、どう、つかうかな……）

また、彼は笑った。

そのときであった。部屋の外の廊下に、人の気配がした。

隆心は、女中が忍んで来たものだとおもい、

「おみねさんか。早かったね」

声をかけると、男のふくみ笑いが廊下で起った。

「だれだ？」

「坊さんよ。この間は前田原で、うまいことをやったな」

「なに……」

「あれからずっと、おれはおぬしのあとをつけていたのだ」

野ぶとい、しかも落ちつきはらった男の声であった。

# 家老の子

一

隆心は、しばらくだまっていた。

だが、すばやく、寝床の下へかくしておいた短刀をふところへさしこみ、いつでも引きぬけるようにした。

「坊さんよ……」

また、廊下の外で男の声がした。

「むやみなことは、しねえがいいぜ」

「…………」

「入るよ」

障子が開いた。

小柄な、中年のさむらいであった。

浪人らしいが、髪の毛もよく手入れをしてあるし、小ざっぱりとした着物を身につけている。

しかし、いかに身ぎれいにしたからといって、この男の容貌《ようぼう》がひきたつものでもあるまい。

浪人は、隆心の故郷の海でとれる蟹《かに》の甲《こう》らのような顔をしていた。

うしろ手に障子をしめた浪人が、

「坊さんは、いい度胸をしているねえ」

前田原での殺しの始終を見とどけ、そのときの隆心の手ぎわが、

「あざやかなものだったよ」

と、いうのである。

隆心は、だまっていた。

隆心の目が細く細くなってきた。

「ところでねえ、坊さん……」

浪人が何かいいさした、その瞬間であった。

ふところの短刀を引きぬいた隆心が、ものもいわずに浪人へ襲いかかった。

浪人は、腰も浮かさなかった。

すわりこんだままの姿勢で、ちょっと胸をそらし、隆心の短刀をかわすと同時に、

「よせ」

隆心を突き飛ばした。

うしろへよろめいた隆心が、またも短刀を突きこもうとした。

それへ……。

浪人が片ひざをたてて、

「む！」

いきなり、抜き打ったものである。

ぴかっ、と浪人の刃《やいば》が光り、光ったとおもったら、もう鞘《さや》におさまっていた。

鍔《つば》鳴りの音が、隆心のあたまをじいんとしびれさせてしまった。

隆心は虚脱《きょだつ》したように、そこへ立ちつくしている。

その隆心の白い法衣も帯も切り裂かれ、腹へ巻きつけておいた胴巻が二つに割れて、前田原で美濃屋半兵衛《みのやはんべえ》から強奪した百二十両の小判が音をたてて畳へ落ちた。

「どうだね、坊さん……」

「いや……おそれいった」

「おれはね、お前をゆするつもりはないのだぜ」

「……？」

「どうだ、二人してやらないかね」

「なにを？」

「殺し、をさ」

「殺し……？」

「お前、もう何人殺《や》ったね？」

「…………」

「もう同じことだ。何人殺っても、ね」

「どうしろ、というのだ？」

「いっしょに、殺しをしようというのだ。お前なら気が合いそうだ。刀のつかい方を教えてやるよ」

「刀の、つかいかたをね……」

「そのほうが、お前のためにもなるだろう、ちがうか？」

「そうですねえ……」

「おれもお前も、もう他人《ひと》の血にぬれつくしている。洗おうといったとて洗えるものじゃあねえ」

「いかさま……」

「お上の目をおそれ、人のうらみを背負って、これから何年歩いて行けることかな」

散らばった小判をひろいあつめ、胴巻へしまいこみながら、隆心がにやりと笑い、

「私は、まだまだ死なないよ」

「死にたくねえのだろうが……」

「まだ若いものね。したいことが、いろいろある」

「それさ。そのしたいことをするがためには、やはりお前の身として、刀のつかいかたを、おぼえておいたほうがいいとおもうがな」

「妙に、御親切なのだね」

「ふん……」

浪人が鼻で笑ったとき、廊下に女の足音がした。

女中のおみねが、隆心の部屋へ忍んで来たのである。

そっと障子を開けたおみねが、浪人を見て、はっとした。

「おみねさん。あと半刻《はんとき》(一時間)もしてから来ておくれ」

「あい」

女中は、素直に去った。

「悪かったね」

と、浪人が、

「けれども、女を返しておいておれのはなしをきこうというからには、まんざらでもねえのだな」

「先《ま》ず、あなたの名をききましょう」

「杉山弥兵衛《すぎやまやへえ》」

「私は、隆心」

「いまさら、坊主名《ぼうず》でもあるまい」

「私が、捨て子になったとき、小五郎と書きしるした紙きれが入っていたそうな」

「ふうむ……じゃあ、その名にしたらいい。姓は、そうだな……山崎がいい。おれがむかしの女房の実家《さと》の姓だ。いやかね」

「山崎《やまざき》、小五郎《こごろう》……」

「語呂《ごろ》もいいぜ。ついでに、髪の毛ものばし、大小二本を腰へさしこむのだ」

「さむらいに……」

隆心にとっては、おもいもかけぬことであった。

(私が、さむらいに……さむらい姿になる……)

胸が、さわいできた。

「どうだ、隆心……いや、山崎小五郎さんよ」

「どうして、私を、このように親切にして下さる？」

「なあに……」

杉山弥兵衛が顔をそむけ、微《かす》かに笑った。なにか、さびしげな哀《かな》しげな笑いであった。

「おれも、間もなく五十の坂へかかる。もう二十何年も旅をまわって暮しつづけていてな。ま、笑ってはいけねえ。お前も、おれの年齢《とし》になってみれば、わかることだが……何か妙に、ひとりぼっちの旅暮しが、さびしくなってなあ」

「そんなものですか……」

「そんなものだ。人は、ひとりぼっちでは、死ぬまで生きられねえのだ」

弥兵衛の声に、どこか父性のやさしさがこもっている。

隆心は……いや、このときから彼を〔山崎小五郎〕の名でよぶことにしたい。

小五郎は、その弥兵衛の声に、真方寺の老和尚《おしょう》・隆浄の温顔を、久しぶりで想《おも》いおこしていた。

「お前とは気が合いそうだ。これからも、おれたちは、人の血にぬりつぶされて生きて行かねばならぬのだな」

そういった杉山弥兵衛の声には、もはやなんの抑揚《よくよう》もなかった。

## 二

武州熊谷《くまがや》の夜から、また二年の歳月がながれて行った。

二年を経て……。

杉山弥兵衛《やへえ》と山崎小五郎は、まだ別れてはいなかった。

小五郎は二十二歳。

弥兵衛は、ちょうど五十歳になっていた。

総髪《そうがみ》をきれいに梳《す》きあげ、折目正しい着物袴《はかま》にしなやかな体軀《たいく》をつつみ、大小の刀を帯した小五郎の上品な姿は、だれの目から見ても、ただの浪人にはおもえない。

さむらいの風体《ふうてい》が、この二年間にぴたりと身についている。

「お前はすじがいい。よすぎるほどだ」

と、杉山弥兵衛がいった。

二人で旅をするようになってから、小五郎は弥兵衛に居合術《いあいじゅつ》をまなんだ。

「人を斬《き》るのは、うまく、速く刀がぬけさえすりゃあ、それでじゅうぶんなのだ」

弥兵衛はそういった。

一年もすると……。

弥兵衛が宙へほうりあげた竹筒や棒切れが地面へ落ちるまでに、小五郎がぬき打った一刀は二度、鞘《さや》をはなれ、二度、鞘へおさまるようになった。

むろん、竹筒は二つに切断されての上のことである。

「すじがいい。よすぎる」

と、弥兵衛が目をみはった。

「お前は、剣客として天性のものをそなえているらしい」

と、弥兵衛は、

「お前のようなのを、はじめて見た」

惜しむことなく、感嘆の声をはなったものだ。

この二年間に、二人は八人の人を殺害している。

強盗殺人ではない。

人に依頼されてする殺人のみであった。

大金をつんで、人を殺してもらう。

こうした依頼主の存在は、むかしからいまも絶えたことがないのである。

その依頼主と、杉山弥兵衛のような殺人者との間に立ち、仲介をつとめる男たちの存在も、同様に絶えたことがない。杉山弥兵衛が殺しの依頼をうけるのは、主として、〔香具師《やし》〕の世界からであった。

諸国の都市や町には、有名無名の神社仏閣があり、そこへ参詣《さんけい》することは、江戸の時代《ころ》の人びとの大きな行楽であった。

したがって、こうした場所が、いわゆる〔盛り場〕となり、種々雑多な店々や物売りがたちならび、芝居や見世物の興行などもおこなわれる。

これらの商売をするのが香具師であって、彼らが商いをする盛り場には、かならず、これをたばねる〔元締《もとじめ》〕が存在する。

いわゆる博打《ばくち》うちの親分などというものが、

〔無頼、無宿者の世界〕

に登場するのは、小五郎や弥兵衛が生きていたころから、いますこし後年のことになる。

香具師の世界の裏がわには、さまざまの犯罪が堂々とおこなわれているし、すべては闇《やみ》から闇へほうむり去られてしまう。

役人の目が、ときどき切れぬほどに、それは底のふかいものなのである。

こうした無頼どもの間にも、たがいの〔縄張り〕をあらそっての殺し合いがある。

けれども、いっぽうでは、まるでこの世界にかかわりのない人たちから、大金をつんで、

「だれだれを殺してくれ」

との依頼が絶えなかった。

こうした場合、依頼主と香具師の元締との間に、一人のみか二人三人の仲介者が入ることもあり、こうした連中が、それぞれにあたまをはねるのだから、実際に殺人をおこなう者の手へ入る金は、場合によって三分の一ほどになってしまうことさえある。

依頼主としては、よほどに金をつまねばならぬ。

山崎小五郎が、この道へ入ってから、はじめて人を斬ったのは、一年ほど前のこと

であった。

それまでは、弥兵衛の手つだいをし、弥兵衛のやり口をよく見た。

この殺人は、大坂の香具師の元締の一人である生駒《いこま》の九兵衛《くへえ》からたのまれたもので、殺す相手が女だとききき、

「おれは、いやだ」

と、杉山弥兵衛がことわった。

京都の大きな仏具屋の主人が、番頭と密通した自分の女房を憎み、

「ぜひにも殺してもらいたい」

と、伏見・墨染の廓《くるわ》の主人（竹屋三右衛門）を仲介人として、生駒の九兵衛へ依頼してきたのであった。

それをきいて、小五郎が弥兵衛に、

「先生がいやなら、私がやろう」

といい出した。

「女だぞ」

「かまいません。男にそむいた女だから殺したいのだ」

その仏具屋の女房が、自分を捨てた庄屋の後家・お吉の顔や姿とないまぜになって、小五郎の脳裡《のうり》へうかんできた。

「お前がやるというのなら……そりゃ、かまわぬが……」

「やります」

「お前……女に、深いうらみがあるらしいな」

「そうおもってくれてもいい」

仏具屋の女房が、自分の実家からほど近い備前・岡山の城下外れに番頭と共にかくれ住んでいることを、すでに生駒の九兵衛がつきとめていた。

夏の或《あ》る日の夕暮れどきであった。

岡山の城下へ入る手前に、原尾嶋《はらおじま》という村がある。

その村外れの地蔵堂の前の道に、山崎小五郎は立っていて、向うからやってくる仏具屋の女房と番頭を待ちうけた。

女房も番頭も、追手はかからぬし、

(もう大丈夫……)

安心していたにちがいない。

二人が手に手をとって京都から逃げ出してから、もう三年の歳月がながれていたためもあろう。

二人が仲むつまじく語り合いつつ、地蔵堂の前へさしかかったとき、小五郎が、ふらりと歩み出し、二人とすれちがった。

その転瞬……。

山崎小五郎が抜き打った一刀は、右と左に女房と番頭を切り殪《たお》していた。

二人とも、あまりの衝撃に叫び声もあげず、即死した。

小五郎の刃は正確に、二人の頸《けい》動脈を深々と切り割っていた。

何事もないように刀を鞘におさめ、杉山弥兵衛がかくれていた木立の中へもどって来た小五郎へ、弥兵衛がいった。

「あれでいい。あの調子でやればいいのだ。小五郎……それにしても……」

「なんです、先生」

「お前の生いたちは知らぬ。だが、これだけはいえる。お前には、さむらいの血が入っているぞ」

三

山崎小五郎が、杉山弥兵衛《やへえ》と暮すようになってから四年目の夏が来た。

小五郎は二十四歳になって、弥兵衛は五十を二つこえていた。

そのころになると、小五郎も〔この世界〕では、いわゆるすじの通った男になっていたのである。

「すでに諸国の暗黒街で名の通っていた杉山弥兵衛が〔うしろだて〕になっていたこ

とも大きくものをいっている、と見てよいだろう。

小五郎と弥兵衛の〔仕事〕は、さらに幅がひろく？……なってきている。

諸方の盛り場や遊里における利権のあらそいにからむ暗殺仕事はもとよりであるが、名の売れた盗賊の首領同士のあらそいごとにも一役買い、剣をふるった。

こうした仕事のときが、もっとも金になる。

この四年間に、弥兵衛と小五郎が〔殺し〕によって得た金は千両をこえていたろう。

現代でいえば、大きな邸《やしき》が二つ三つは建つほどの価値のある金千両であった。

その大金を、いつ、どこで、どのようにしてつかってしまうものなのか、……二人は、きれいにつかい果してしまう。

一つ土地にとどまっているのは長くて三月ほどだし、あとは旅して歩く。

ぜいたくな暮しをするといっても、屋敷をかまえ、奉公人をつかうわけはない。

酒と女……金のつかいみちは、突きつめて見ると、この二つにしぼられてしまうのである。

「金が湯水のようにながれて行きますね」

いつか、小五郎がつぶやいたとき、弥兵衛は、

「殺しで得た金は、真の金ではねえのだよ。汗水たらして稼《かせ》いだ金でねえと、残りはしねえ」

「うむ、なるほど……」

「人なみに家をかまえ、女房や子といっしょに暮しては行けねえ無宿者のおれたちがつかう金は、人なみの価値をもってはいねえのだ」

「そうですね」

「お前は若い。だから、いまは、この道で生きていることがおもしろくてたまらねえところではねえか、な。だがのう、あと十年もしてみればわかることだが、何人と知れず斬《き》ったやつどもの血のにおいが、こころにも躰《からだ》にもすっかりとしみついてきてしまって……どうにもならなくなる。覚悟をしておけよ」

　そのときも、杉山弥兵衛がいった。

「お前の生いたちを知ろうともおもわねえが……だが、お前には武士の血がながれているぞ」

　弥兵衛から、武士の血が入っていると指摘されたのは、このときが二度目である。

　前のときは、何ともおもわずききながしてしまった小五郎であるが、このとき、いままで、すっかり忘れてしまっていたあのときのことが閃《ひら》めくようにおもいうかんだ。

　それは……。

　真方寺から逃げた年の晩夏の午後の、墓地における情景なのである。

　といっても、それは庄屋の後家お吉のことではない。

墓地の掃除をしていた〔隆心〕の小五郎を彼方《かなた》の墓石の間から凝視していた筒井藩の国家老・堀井又左衛門《またざえもん》の、自分へ対するふしぎな態度が、急におもい出されたのだ。

小五郎は、あのときのことを弥兵衛へ語ってみた。

弥兵衛は熱心にきき入った。

「いつもの御家老とは、まったくちがった目つきで、私をながめていた……」

「ふむ。その家老がふかぶかとあたまを下げ、お前にあいさつをしたという……」

「目つきが、うるんでいたように見えましたがね」

「ふうむ……」

「お前は、その寺の門前へ捨て子になっていたのだと？」

うなずいた弥兵衛が、

「そうです」

「ふうむ……」

「それから、何度も、しきりにうなずきながら、私を見ていた……」

「お前、いま、そのことをおもい出して、なんと考える？」

「もしや……」

「その家老の落し子、とでも考えているのか、どうだ。そうらしいな」

「……」

「おれも、そうおもう」

「先生も……」

「うむ。その家老の落し子にちがいない。家老がお前へあたまを下げたのは、捨て子にしたお前へ、無言のわびをしていたのだ」

「そ、そうでしょうか……」

「おれは、そう感じる」

「では、なぜ、私を捨てたのか……？」

そうだとしても、小五郎は堀井又左衛門の正夫人が生んだ子ではないと見てよい。

堀井家老が、どこぞの〔かくし女〕に生ませたものと見るのが至当であろう。

しかし、堀井又左衛門ほどの武士ならば、妾《めかけ》の子を手もとにおいて育てることなぞ、なんでもないことである。

当時の武家は、正夫人と側妾《そばめ》を一つ屋敷に暮させることをゆるされていた。

「そこにはそれ、いろいろと、こみ合ったわけがあったのだろうよ」

杉山弥兵衛は、事もなげに、

「よくあるやつさ」

と、いいはなった。

（そうか。そうだったのか……）

小五郎は、

（おれは、あの御家老の落し子だったのか……）

しだいに、そのおもいは確信に変ってきつつある。

堀井家老と真方寺の和尚《おしよう》との親しい関係を考えてみても、そのことがうなずけるような気がしてならない。

「どんな気もちだ？」

冷えた盃《さかずき》を口にふくみつつ、杉山弥兵衛が問いかけてきた。

「別に……」

「おそかったな」

「え……？」

「もうだめだ。お前は、殺しの血にまみれつくしてしまったのだものな。二度と故郷へはもどれぬし……その父親らしい国家老どのに、子でござると、名のり出るわけにも行くまい」

小五郎は、こたえなかった。

全身のちからが、急にぬけ落ちてしまったようなおもいがした。

（そうか、あの御家老の……）

落し子だったとしても、弥兵衛がいうように、いまの山崎小五郎は人生の大道を歩ける身の上ではない。

(勝手にしやがれ)

小五郎は胸につぶやき、酒の徳利を引きよせた。

四

その年の夏。

弥兵衛《やへえ》と小五郎は、京都にいた。

三条・白川の旅籠《はたご》〔伊勢屋文右衛門〕方に、二人は滞在していたのである。

そのとき弥兵衛は、大坂・玉造《たまつくり》の香具師《やし》の元締、生駒《いこま》の九兵衛《くへえ》から〔殺し〕の依頼をうけていた。

この前に、小五郎が斬《き》った仏具屋の女房と番頭も、九兵衛からたのまれた仕事であった。

生駒の九兵衛のところから、京の旅籠へもどって来た杉山弥兵衛は、

「小五郎。今度は、おれの番だ」

と、いった。

うなずいた小五郎が、

「私は見張りを……」

いいかけるのへ、押しかぶせるように、

「おれ、ひとりでやる」

と、弥兵衛がいった。

低い声なのだが、その声に有無《うむ》をいわせぬものがある。

自分ひとりでやる、と、弥兵衛が小五郎の協力をこばみ、独りきりで仕事をすませて来ることはこれまでになかったことではない。

「そうですか……」

「そうだ」

「相手は、どんな?」

「別に、大したことではないさ」

ここにいたって、小五郎が、

(妙だな?)

と、感じた。

殺す相手を、弥兵衛が小五郎へかくすにもおよばぬことではないか。かつてないことだ。

「ね、先生。相手はいったい、どんなやつなのです。きかせて下さい」

もう一度、きいてみた。

すると……。

弥兵衛が、すこし顔をそむけるようにした。

剣術にきたえぬかれた弥兵衛の体軀《たいく》は、五十をこえた男のものとは見えぬほどに引きしまっている。

けれども、こころもちうつ向けた横顔にしわが深く、

(めっきりと白髪《しらが》が、ふえたな)

と、小五郎はおもった。

生まれて二十四年の間に、山崎小五郎が他人の親身な世話をうけたのは、真方寺の和尚《おしょう》と杉山弥兵衛の二人のみであった。

この二人へは、さすがに小五郎も、愛のこころを抱いている。

だが、女への愛は知らぬ。

知ろうともおもわぬ小五郎であった。

女の軀《からだ》を抱いても、憎みながら抱いているのだ。

どの女も、後家のお吉に見えてくる。

「お前が手にかけた、その後家のような女ばかりではねえ。もっと別の女もいる」

弥兵衛は苦く笑ったけれども、

「もっとも、おれたちはそのほうがいい。女の躰《からだ》は、むさぼるだけにしておいたほう

が、いいことはいい」

と、いったものだ。

ところで……。

それから二度ほど、小五郎は、

「殺す相手は？」

弥兵衛へ問いかけたが、

「おれ、ひとりでやる」

こたえは、いつも同じものなのである。

二日に一度、弥兵衛は京の旅籠から出かけて行き、出かけると、二日ほど帰って来ない。

梅雨のさ中であった。

一度、小五郎は弥兵衛のあとを、ひそかにつけて行ったことがある。

そのとき弥兵衛は、伏見から夜船で大坂へ向った。

殺す相手は、大坂にいるらしい。

しかし、弥兵衛がどこへ行くのかをつきとめようとすれば、どうしても同じ船に乗りこまねばならぬ。

(これは、困った)

とっさに、落ちていた筵《むしろ》をあたまからかぶり、すでに弥兵衛が乗りこんだ夜船へもぐりこもうとすると、

「よせ」

弥兵衛の声が、頭上から落ちてきた。

「見つかってしまいましたね」

「ばか」

「ですが、先生……」

「心配してくれているのか?」

「まあ、ね。どうも今度は、先生の様子がおかしい」

「そんなことはねえよ」

「けれども……」

「帰れ。なんでもないことだ。お前のおもいすごしだ。帰れ、よ」

笑いかけた弥兵衛を見ると、

(先生のいうように、こいつは、おれのおもいすごしか……)

と、おもった。

それほどに弥兵衛の笑顔は、無邪気なものだったのである。

ともかく、引き返すよりほかはない。

歩み出して、ふりむくと、

「船が出るよう、船が出るよう」

船着場でわめきたてている船頭の傍《そば》に、杉山弥兵衛が凝《じっ》とたたずみ、小五郎を見送っているではないか。

「先生……」

小五郎はおもわずよびかけていた。

「だいじょうぶ。帰りますよ」

甘えた声であった。

いたずらをとがめられた小さな子供が、父親に向ってよびかけているような声であった。

弥兵衛が、何度もうなずく態《さま》が夜目《よめ》にもはっきりと見えた。

(おれは、どうかしていたのだな。たとえ相手がどんなやつでも、先生には、かなうはずもねえというのに……)

京へもどる途中で、また、雨がふり出してき、すっかりぬれそぼって旅籠へ着き、

「酒だ。熱くしてくれ」

潜戸《くぐりど》を開けてくれた女中にいいつけ、二階の部屋へ入り、寝床をしいて腹ばいになり、はこばれた酒をのみながら、小五郎は読みさしの絵草紙へ手をのばした。

（おや……？）

絵草紙の中に、何かが、はさみこまれているのに気づいた。

手紙であった。

杉山弥兵衛から、

（おれにあてた手紙……）

なのである。

開封して見た。

文面は、ごく簡単なものであった。

一太刀に仕とめ得ぬときは、逃げるべし
弥
小五どの

これだけのものなのだが、山崎小五郎は胃の腑《ふ》を得体《えたい》の知れぬものになぐりつけられたような気がした。

（これは、先生の遺書ではないのか？）

小五郎は、弥兵衛から真の〔剣術〕をまなんだのではない。

刀のぬき方と、人を斬るためのつかい方を教えてもらい、これを実地にためしてきた。

人を斬るといっても、正面から堂々と闘うのではない。

〔暗殺〕なのである。

暗殺の方法を会得《えとく》したまで、であった。

「おれなぞは、若いころ、三日二夜の間、ひとねむりもせずに道場で稽古《けいこ》をしたものだ。相手は入れかわり立ちかわり、食べてねむって、威勢のいいのが次から次へ飛びかかってくる。こっちは立ちはだかったままよ。木刀の手をやすめるのは、日に二度、おも湯のような粥《かゆ》をすするときと、厠《かわや》へ立つときのみだ。しまいには小便が血になってくる」

などと、弥兵衛からきいたことがある。

杉山弥兵衛は、よほどに、すさまじい剣術の修行をつんできたものらしい。

一太刀で仕損じたとき、

「逃げろ」

ということは、小五郎の剣術の正体を弥兵衛が見きわめていたからであろう。

もしも初太刀を仕損じ、相手が腕力のつよい男か武士であったときには、かえって小五郎が危《あや》うくなる。

弥兵衛の手紙は、そのことをずばりと指摘したものだ。

雨の音がこもっている小さな部屋の寝床へすわりこんだまま、山崎小五郎の顔の色が紙のようになった。

弥兵衛の筆あとに見入ったまま、小五郎は夜が明けるまで、身じろぎもしなかった。

五

つぎの日も、そのつぎの日も、杉山弥兵衛《やへえ》は京都へもどって来なかった。

小五郎は、たまりかねて大坂へ向った。

殺す相手の名はきいていないが、依頼したのが生駒《いこま》の九兵衛《くへえ》であることは知っている。

生駒の九兵衛は、大坂市中の南外れの玉造村にある寿光寺という寺の近くに〔菊屋〕という茶店をいとなみ、ここで妻子と共に暮している。

見たところは、いかにもおだやかそうな五十男だし、菊屋にいるときは粗末な着物を身につけ、茶店の客へ愛想をふりまきもするし、茶菓《さか》をはこびもする。

だが……。

九兵衛は別に、大坂市中の新町橋・東詰に〔生駒屋〕という料理屋を経営し、ここは妾《めかけ》のお才《さい》にまかせていた。

この〔生駒屋〕が、香具師《やし》の元締としての九兵衛の本拠《ほんきょ》であり、五十人に近い配下が出入りをしているそうな。

だから山崎小五郎は、新町橋の生駒屋へ、九兵衛をたずねたのである。

梅雨は、まだあがらぬ。

その雨の中を、小五郎がたずねて来たとの知らせをうけた九兵衛は、駕籠《かご》に乗って玉造村から出て来た。

仏具屋の女房殺しのとき、小五郎は九兵衛と会っている。

「おう、待っていた」

九兵衛は、自分の部屋へ小五郎を案内し、酒をはこばせ、二人きりとなった。

「元締。私が、こうしてまいったわけは、よく御承知でしょうね」

と、小五郎がいった。

小五郎の両眼は、ほとんど閉じられているかのように見えた。

うなずいた生駒の九兵衛は、いたってものしずかに、

「む。知っているわい」

「では、……?」

「杉山弥兵衛どんは、死んでしもた」

淡々たるものなのだ。

小五郎は、夢を見ているようなおもいがした。

予感はしていたけれども、九兵衛からこのように、あっさりと弥兵衛の死を告げられたので、かえって実感がわいてこない。

「ほんとうか、元締」

「ほんまや」

「いつ、どこで？」

「わしは、手つけの三十両を損したわい」

つまり、弥兵衛は六十両で、その〔殺し〕をひきうけたことになる。

「先生は、その相手に殺されたのか？」

「そりゃ、知らぬがな……けどなあ、杉山先生《せんせ》が天王寺さん（四天王寺）の裏の毘沙《びしゃ》門《もん》池のほとりで斬《き》り殺されていたことはわかっている。死体は御奉行所が引きとり、どこぞへ、埋めてしもたやろ」

「う……」

とっさに、返すことばもない。

このとき、小五郎がうけた衝撃は、庄屋の後家に裏切られたときとくらべものにならぬほど強烈であった。

「教えてくれぬか、元締」

「なにをじゃ？」

「先生が殺そうとした相手を……」

「そりゃ、いわれぬ。小五郎どんも、この道へ入ったからには、よくわきまえていなさるはずじゃないか」

「む……」

その通りなのである。

これは、この道の掟《おきて》なのである。

しかも、杉山弥兵衛は、この仕事をひきうけるにあたり、生駒の九兵衛に、

「元締。今度のことは、どのようなことがあっても、小五郎へもらしては困る」

くどいほどにいっていたそうだ。

「どうして、そないことを先生がいうのやろか、と、わしも、ちょっと妙な気がしたものじゃが……」

九兵衛は、ふっと声を途切らせたのちに、

「先生は、今度の仕事で返り討ちになるような気がしたのやないか……」

と、つぶやいた。

小五郎は、おもいきっていった。

「実は……杉山弥兵衛は私の父親なのだ。わけあって姓がちがう。なれど、ほんとう

の……ほんとうの父親なのだ」

いったとき、山崎小五郎は自分が口走っていることばを真《まこと》のもののように感じ、われ知らず、両眼から熱いものがふきこぼれてくるのを知った。

後にも先にも、彼が泪《なみだ》をうかべたのは、このときのみであったといえる。

生駒の九兵衛が、まじまじと小五郎をながめ、

「ほんまか？」

「うそはいわぬ」

「そうか……」

「うそじゃない、うそじゃないのだ、元締……」

ほとばしるような小五郎の叫びであった。

「よろし」

九兵衛が大きくうなずき、依頼主の名はいえぬが、殺しの相手のことだけをいおう、といった。

「たのむ、元締」

「先生《せんせ》の敵《かたき》、討つつもりか？」

「そんなことは、どうでもいい」

「そりゃ、そうやな」

「きかせてくれ、たのむ」

「相手は浪人や。名を竹内平馬《たけうちへいま》というてな」

「どこの浪人です？」

「そりゃ、知らぬがな」

「だが、……？」

「その竹内平馬がな、高津《こうづ》の玄丹《げんたん》のところに身を寄せていたのやがな」

六

高津の玄丹は、もと雲州《うんしゅう》・松江の浪人あがりだという。

生駒《いこま》の九兵衛《くへえ》と共に、玄丹が大坂の暗黒街を牛耳《ぎゅうじ》る二大勢力であることは、小五郎もわきまえている。

玄丹は、おもてむきは道頓堀《どうとんぼり》川の東、下大和橋の南詰に〔讃岐《さぬき》・金毘羅《こんぴら》出船所・諸国御宿〕の看板をかかげて〔出雲屋《いずもや》・丹兵衛《たんべえ》〕と名のり、宿屋を経営している。裏へまわれば、生駒の九兵衛同様、大坂の南半分を牛耳る香具師《やし》の元締なのであった。

「それでは……元締と、高津の玄丹のあらそいごとなので？」

小五郎の問いに、生駒の九兵衛が、きっぱりと、

「そうやない。勘ちがいしてもろては困るがな」

「だが、元締……」

「高津の玄丹とわしとは、このところ、うまくやっているのや」

「そうか……」

「そうや。勘ちがいしてもろては、ほんに困る」

「よし。それで？」

「たまたま、その浪人……竹内平馬《へいま》が、高津の玄丹のところへ身をよせていたにすぎぬ、ということじゃ」

「わかった。で……？」

「その竹内平馬を殺してくれと、わたしのところへ大金つんできたお人の名だけは、あかすわけにはゆかぬ。また、それを小五郎どんがきいたとて詮《せん》ないことや」

そういわれれば、そのとおりなのである。

「では、その竹内平馬というやつ、まだ高津の玄丹の家にいるのですね？」

「う……小五郎どんの眼が針のように光っているやないか。気味わるいがな」

「………」

「杉山先生が返り討ちにおうた日から、竹内平馬はどこかへ旅立ったらしいがな」

そこは九兵衛もぬかりなく、配下のものたちをつかって、しらべあげたらしい。

うそではない、と、小五郎は看《み》た。

「よし。わしも乗りかかった舟や。ひとつ、竹内平馬のことをききこんでみてやろかいな」

生駒の九兵衛が、急に昂奮《こうふん》の色を老顔にうかべて、

「わしも、杉山先生には、ずいぶんと殺しをしてもろたによって……」

と、いった。

この日から、山崎小五郎は〔生駒屋〕に滞留することになった。

（やはり、先生は……）

死の予感をおぼえていたにちがいない、と、小五郎はおもった。

いつであったか、杉山弥兵衛《やへえ》が小五郎へ、こういったことがある。

「お前だとて、いつかはそうなる。あと十年も、この仕事をしつづけられていたらな。つまり、おのれが死ぬときは、よくわかるものだよ。殺そうとする相手に殺されるときが、わかるようになるらしい。おれはまだ、その経験がないけれども……どうも、そうらしい。これはな、おのれが手にかけた何人もの死霊《しりよう》が、そのことを告げてくれるものらしい。おれも、この道へ入って、そうした男たちを何人も見てきたものだ」

半月ほどが、たちまちにすぎ去った。

梅雨があがり、真夏の熱気が大坂の町をつつみこんできた。

「よう、わからなんだわい」

と、生駒の九兵衛が小五郎に告げた。

「高津の元締も、竹内平馬の素姓を知らなんだらしい」

「私たちのような、男なのですか?」

「そうらしい」

「ふうむ……」

「一つだけ、知れたことがある」

「なんです、それは?」

「竹内平馬は、江戸の両国にいる香具師の元締で、羽沢《はねさわ》の嘉兵衛《かへえ》という人の口きいで大坂へあらわれ、玄丹のもとへ身をよせたらしい。このことだけは、どうやらさぐり出した。ずいぶんと金つこうたがな」

「すまぬ。このうめ合せは、いつかきっとさせてもらいましょうよ」

「たのむで、小五郎どん」

「だが、いますぐというわけには行きませんよ」

「わかってるがな。これから江戸へ行きなさるのやろ?」

「そうだ」

「羽沢の嘉兵衛どんに紹介状《そえ》を書こか?」

「そうして下さるか」

「わけもないことや。会うたことはないが、向うもわしの名を知っていることやろし……」

「では、たのみます」

「なにくわぬ顔して、羽沢の元締のところへもぐりこみ、竹内平馬のことをさぐることや」

「うむ……」

「竹内平馬というやつはな、年齢《とし》のころは三十がらみ。色の黒い、金火箸《かなひばし》のように痩《や》せこけた男やそうな。もしもな、小五郎どん。首尾よう平馬を殺したときには、杉山先生がもらうはずやった半金の三十両、お前さんにさしあげるでェ」

「その残り半金、いま貸してもらえませんかね」

「そりゃ、気の早い……」

「かならず討つ」

「ほんまにか？」

「うそではない。いまの私は、すこし、ふところがこころ細い」

「よろし」

と、生駒の九兵衛はすぐに三十両をわたしてよこした。

亡《な》き杉山弥兵衛は、九兵衛のたのみで五人も殺していたそうだ。とすれば、そのたびに九兵衛のふところへも依頼主からの礼金が、ころげこんでいたはずである。

三十両を小五郎へわたすとき、九兵衛がにんまりとして、

「杉山先生には、ずいぶんと、もうけさせてもろたによって」

と、ささやいてきた。

次の朝。

山崎小五郎は大坂を発し、江戸へ向った。

かつてない緊迫感が、夏の東海道を下る小五郎の全身にみなぎっている。

(先生のかたきを討つ。かならず、竹内浪人を斬《き》る)

胸のうちに何度もつぶやくうち、そのつぶやきが、

(親のかたきを討つ、親のかたきを……)

に変っていた。

実の親でも子でもない杉山弥兵衛と小五郎の間には、いつしか、実の父子と同様な感情が通い合っていたものだろうか。

## 駕籠《かご》の中

一

江戸へ着いた山崎小五郎は、まっすぐに、両国の香具師《やし》の元締・羽沢の嘉兵衛《かへえ》をたずねた。

嘉兵衛は、両国一帯の盛り場のみか、浅草の盛り場の一部をも自分の縄張りにしている。

羽沢の嘉兵衛といえば、江戸の暗黒街の元締の中でも、五指のうちにかぞえられるそうな。

大坂の香具師の元締・生駒《いこま》の九兵衛《くへえ》からの紹介状をもって来ただけに、

「そりゃあ、よくおいでなすった」

と、嘉兵衛はねんごろに小五郎を迎え入れてくれた。

でっぷりとした体格の嘉兵衛の顔は酒光りがしていて、ことばづかいに愛嬌《あいきょう》があって、どう見てもこれが、暗黒街の顔役にはおもえない。

だが……。

小五郎は、亡《な》き杉山弥兵衛《やへえ》と共に生きて来た経験から、

（この、羽沢の嘉兵衛の笑い顔の底には……）

恐るべき悪の残虐《ざんぎゃく》がひそんでいることを看破《かんぱ》していた。

「なるほど……ふむ、なるほど……」

しきりにうなずきつつ、生駒の九兵衛からの紹介状を読み終えた嘉兵衛が、

「山崎、小五郎さんとやら……殺しをなさるとね？」

「しますよ」

「ふむ、ふむ……」

嘉兵衛の双眸《そうぼう》が、冷たい光をたたえて凝固した。

「小五郎さんは、かなり……」

と、嘉兵衛は刀をつかむ手つきをして見せ、

「かなり、つかいなさるようだね」

小五郎のこたえは、苦笑のみであった。

「ようござんす。ゆるりとここにいておくんなせえ」

「では、たのみます」

嘉兵衛は、両国橋を東へわたった回向院《えこういん》の近くで〔河半《かわはん》〕という大きな料理茶屋を経営している。

女房はなく、おもんというしっかりものの妾《めかけ》がいて、これが〔河半〕を一手に切りまわしていた。

「お前さんほどの人は、めったにつかわねえつもりだよ」

と、嘉兵衛がにんまりとして、

「お前さんにも、また、この私にも、たっぷりと金《もの》が入る仕事でなくてはねえ」

「よろしく」

「いいとも、気楽にしていなせえ」

この夜から、小五郎は〔河半〕の奥まったところにある〔離れ〕のような一室をあたえられて暮すことになった。

(しばらくは、このままじっとしていよう)

小五郎は、そう考えている。

杉山弥兵衛を斬《き》った竹内平馬《へいま》という浪人が、羽沢の嘉兵衛の紹介で大坂の香具師の元締・高津の玄丹のもとへ身を寄せたのを、

「どうか、竹内平馬を殺してくれ」

と、生駒の九兵衛にたのみこんで来た者から大金をうけとり、九兵衛は杉山弥兵衛に、

〔竹内平馬暗殺〕

のことを依頼した。

そして、弥兵衛は平馬に返り討ちとなり、小五郎は弥兵衛の敵《かたき》として竹内平馬をつけねらっている。

「いや、実はねえ、小五郎さん」

と、羽沢の嘉兵衛が、三日ほどしてから〔離れ〕へやって来て、

「去年までは、私のところに、お前さんそっくりの……といっても顔かたちのことではねえ。つまり、殺しの名人がいてねえ」

こういったものだ。

その〔殺しの名人〕とやらが、

（おそらく、竹内平馬だったのだろう）

と、小五郎は直感した。

「なんという人ですね？」

「いや、小五郎さん。名前をいうのはよしましょうよ」

「なるほど」

「こいつは、たがいの稼業柄《かぎょうがら》のことだ。私はね、小五郎さん。たとえ他人からきかれたとしても、爪《つめ》の垢《あか》ほどもお前さんのことは口外《こうがい》しねえつもりだ」

「なるほど」

小五郎は、うかつにさぐりを入れてはならぬ、と、おもった。

竹内平馬は、羽沢の嘉兵衛のために何人もの人を殺しているにちがいない。

そうして、江戸にいることが危険になったものだから、嘉兵衛が平馬を大坂へ逃がしたのであろう。

ということは……。

竹内平馬と羽沢の嘉兵衛のつながりは、相当に深いものと見てよい。

〔殺し屋〕にお上の目が光ったら、その殺し屋を抱えている元締は、おのれの身の安全をはかるため、別の殺し屋の手によって、当人の息の根をとめてしまうのが定法《じょうほう》なのである。

「ま、その人のかわりに、お前さんが来てくれたので、私も大安心というものさ」

「その人は、いま、どこにいるのですね？」

「きいて、どうなさる？」

「別に……」

「上方へ行かせてあったのだが、先頃に、ちょいとした事件《こと》があってね。いまは、どこかを旅しているらしい。なあに、二年もしたらかならず、私のところへもどって来ようさ」

羽沢の嘉兵衛は、

「あれだけの腕ききになると、稼《かせ》ぐ金もなまなかなものではねえのだが……一文も残さず、きれいにつかい果してしまうらしい。お前さんも、そうなのだろうね?」

「まあねえ……この道で得た金は、別のものですよ。なにしろ、人の生血《いきち》にまみれ汚れた金だ。残るはずがねえ」

二

年が暮れ、年が明けた。

山崎小五郎は、二十五歳になった。

日々の暮しに不自由はない。

〔河半〕の離れに起居《ききょ》している小五郎のもとへ、三日に一度ほど羽沢の嘉兵衛《かへえ》があらわれ、

「なにか、不自由のことはありませんかえ?」

と、きいてくれる。

小づかいも、たっぷりとわたしてよこす。

これは、いずれ、小五郎に大きな仕事をさせ、たんまりと儲《もう》けようという下心があるからだ。

〔河半〕ではたらいている座敷女中の中で、

「気に入ったのがあったら、いつでも、いってよこしなせえ」

ともいってくれた。

「では、遠慮なしに……」

小五郎は女をえらび、夜ふけてから自分の部屋へよこしてもらい、抱いた。

女中たちは、若くて美しい小五郎によばれるのをあらそいはじめた。

小五郎を、女たちは、

〔離れの先生〕

と、よんでいるらしい。

小五郎は、女中たちの口から、竹内平馬《へいま》のことをきき出そうとした。

平馬も、羽沢の嘉兵衛のもとへ身を寄せていたとき、この〔離れ〕で暮していたらしい。

足かけ三年も、彼は嘉兵衛のところにいたようだ。

平馬のことを、女中たちは、

〔離れのお化け〕

と、よんでいたらしい。

「そりゃあ、もう気味のわるいことといったら……」

お千《せん》という年増《としま》の女中が、小五郎の胸肌のあたりをくちびると舌でなぶりながら、

「まるで金火箸《かなひばし》のように、痩《や》せこけていて！」

と、大坂の生駒《いこま》の九兵衛《くへえ》が小五郎にもらしたのと同じ形容で、竹内平馬のことを語った。

「色が黒くてねえ……その黒さが、妙にこう青ぐろい、肌のつやなぞちっともなくて、ばさばさに乾いていて、廊下なんかで私たちとすれちがうとき、ひょいとこっちを見るんですけれど……そのときの目つきの、まるで蛇のような……人の血や情が、まったく通っていない目つきって、ああいうのをいうんでしょうねえ。それに、あの先生の声というものを私たちはきいたことがありませんでした」

「だから、お化けか？」

「ええ、ふふ……でも、こんなこと、元締にいっちゃあいけませんよ」

「いわないとも」

「元締は、竹内先生のことを、ずいぶんと大事にしていましたものねえ」

「ふうん、そうか。それなのに、どうして、江戸から出て行ってしまったのだろう」

「さあねえ、そんな、むずかしいことは、私たちにゃあ、さっぱりわからないんですよ」

お千のいうことに、うそはないらしい。

羽沢の嘉兵衛は、この〔河半〕で暮しているとき、まったく料理茶屋の主人になりきってしまっている。

香具師《やし》の元締としての彼は、両国橋を西へわたった盛り場のどこかに本拠《ほんきょ》があり、そこで存分に活動をしているらしいのだが、その本拠も、〔河半〕の女中たちはよく知らない。

嘉兵衛は、千をこえる配下をもっているというが、そうした男たちも〔河半〕へは、めったにあらわれぬ。

小五郎も、彼らを一度も見たことがなかった。

このごろの小五郎は、

（これは、いっそ、ここに腰を落ちつけてしまったほうが、いいかも知れない）

と、おもいはじめている。

一日も早く、杉山弥兵衛《やへえ》の敵《かたき》・竹内平馬を斬《き》って殪《たお》したいのはやまやまであるが、平馬をたずねて当所《あてど》もなく旅をつづけるよりは、

「きっと、江戸へ……私のところへ帰って来る」

と、確信にみちていった羽沢の嘉兵衛のことばをたよりに、〔河半〕で待っていたほうが、平馬と出合う日を早めるのではないか……。

（杉山先生を斬ったほどの男だ。一年、二年の間に、他人の手で殺されることもあるまい）

なのである。

このごろ……。

小五郎は、杉山弥兵衛の夢ばかりを見る。

寒風の吹きすさぶ野の中を、二人、編笠《あみがさ》に顔をつつみ、肩を寄せ合うようにして歩いて行く情景などは、ほとんど毎夜のごとく夢の中で見ることができた。

「……一太刀に仕とめ得ぬときは、逃げるべし」

ぼんやりと炬燵《こたつ》にもぐり、昼の酒をなめていて、ふっと、小五郎は弥兵衛の遺書の文面をつぶやいている自分を発見することがあった。

いま、小五郎にとって杉山弥兵衛は、殺し屋同士としての感情の交流から生まれ育ったものよりも、

(杉山先生は、おれの父親だ)

だから、どうしても、

(先生の……いや、おれの育ての親の敵を討つ！)

この一事は、山崎小五郎二十五年のうちで、もっとも強烈な〔生甲斐《いきがい》〕となってきつつある。

(それまでは、おれも死にたくねえ)

のであった。

むろん、弥兵衛は〔稼業《かぎよう》〕のさだめによって竹内平馬に討たれた。

うらみつらみはないはずだし、

「おれの敵を討つ、などとは飛んでもねえことだ。小五郎よ。そんな、つまらねえまねをするものじゃあねえ」

あの世から、弥兵衛はきっと、そういうにちがいない。

だが、小五郎は、

（先生を斬った竹内平馬が憎い。どうしても討つ！）

その執念は、燃えさかるばかりなのである。

なぜ、平馬が憎いのか……。

それは、自分と杉山弥兵衛との、二人しっかりと寄りそって生きて来た人生を、平馬が打ちこわし、うばい取ってしまったからだ。

（畜生め。平馬のために、おれは先生の死水さえ、とれなかったのだ）

そのことよりも、

（平馬さえ出て来なければ、先生とおれは、行先まだ何年も、いっしょに旅をし、共に暮して、生きて行けたのだ）

おもえばおもうほど、それがくやしい。くやしくてくやしくてたまらぬ。

（平馬は、おれから先生をうばい取りゃあがった！）

この激怒であった。

そして山崎小五郎は、羽沢の嘉兵衛のたのみに応じ、江戸へ来てから初めての仕事をすることになったのである。

三

それは、二月に入って間もなくのことであったが……。

その日の夜になって、折しも〔河半〕にいた羽沢の嘉兵衛《かへえ》をたずねてきた老人があった。

小柄な、品のよい、もはや七十に近いとおもわれる白髪の老人は、どこかの大店《おおだな》の隠居でもあるかのような立派な服装《みなり》をしていて、これが嘉兵衛同様に、香具師《やし》の元締だとは到底おもいもつかぬ。

老人の名を、

〔芝の治助《じすけ》〕

と、いう。

治助は、芝から麻布《あざぶ》へかけての盛り場を縄張りにしていて、日の出の勢いの羽沢の嘉兵衛にくらべると、配下の人数も少ないし、盛り場のスケールも小さい。

しかし〔芝の治助〕といえば、江戸の香具師の元締の中でも、〔長老〕的な存在で、羽沢の嘉兵衛も一目《いちもく》おいている。

そうした芝の治助ゆえ、嘉兵衛も〔河半〕へ招いたのであろう。

もっとも治助のほうから、

「ひとつ、羽沢のに談合があるのだが、都合はどうだろうか？」

と、申し入れがあり、これに対して嘉兵衛が、

「それじゃあ、こっちから出向きましょう」

こたえたところ、またまた治助の使いの者があらわれ、

「いやいや、こっちのたのみごとなのだから、私のほうが出向いて行く」

と、治助のことばをつたえて来たので、それならば〔河半〕へ、……ということになったのだ。

治助と嘉兵衛の談合が半刻《はんとき》（一時間）ほどつづいてから、

「離れに、山崎さんはいなさるか？」

と、嘉兵衛が女中をよんできいた。

「はい、おいででございますが……」

「そうか、そいつはちょうどよかった。すぐに、ここへ来てもらってくれ」

ひとり、酒をのんでいた小五郎が二人のいる奥座敷へ出向いて行くと、嘉兵衛が治助へ引き合せた。

治助は、目の色も変えず、にこにこと小五郎を見まもっていたが、

「ふむ」

大きくうなずき、

「この人なら、おまかせしてもいいね」

と、いった。

「さすがは芝の元締。一目でわかりなすった」

「もう長《なげ》えこと、つまらねえ世の中の息を吸っているのでなあ」

「では元締。ようござんすね?」

「いいとも、このお人なら、ね……」

「それでは私は、ここで席を外しましょう」

「そうしておくれか。すまないねえ」

「じゃあ、山崎さん」

と、羽沢の嘉兵衛が、

「もう、おわかりだろうが……芝の元締は、殺しをたのみにおいでなすったのだ」

「そうですか……」

「私の顔をたててもらいたい。どうだね?」

「わかっていますがね。だが、いちおうは、はなしをきいてみませんとね」

「もっともだ。おれからもひとつ、いっておきてえことがある」

嘉兵衛が治助へ会釈《えしゃく》をしてから、小五郎を目顔で廊下へつれ出し、こうささやいた。

「おれはね、山崎さん。あの先生がもどって来るまで、お前さんをぜひとも大事にしたいのだ。ま、二年ほどはここにいて、おれが役に立ってもらいたい。さ、そこでだ。芝の元締が今度もちこんで来なすったはなしは……だいぶんにその、むずかしい仕事らしいのでね」

「なるほど」

「お前さんほどの人だ。ぬかりはあるめえとおもうが……よっく考えてみて、こいつどうしてもむずかしい。手に負えねえ仕事だとおもったら、きっぱりとことわってもらいたい、いいかえ」

むずかしい仕事で、杉山弥兵衛《やへえ》のように返り討ちになぞなってしまっては、羽沢の嘉兵衛として、

(元も子もなくなる)

と、考えているのであろう。

それも、

(おれのための仕事ならいい。だが、芝の元締の仕事で、山崎さんほどの上玉《じょうだま》を死なせてしまっては、つまらねえことになる)

からである。

「わかりましたよ、元締」

と、小五郎はうす笑いをうかべて、

「まかせておいて下さい」

「じゃあ、たのみましたぜ」

嘉兵衛は、廊下を去って行った。

嘉兵衛と治助との間の交渉は、すでに終っているらしい。

小五郎を借りるについて、芝の治助は、それ相応の礼金を嘉兵衛へわたすことになっているにちがいない。

「お待たせしました」

小五郎が座敷へもどった。

「嘉兵衛どんのはなしは、すみなすったかえ？」

「すみました」

「それでは、わしのはなしをきいてもらいましょうか」

治助はこういって、煙管《きせる》の火を灰吹きへ落した。

四

芝の治助がもちこんで来た殺しのだんどりは、こうである。内藤新宿の街道から、南へ深く切れこんだ道（これは治助が図面でしめした）の雑木林にかくれていて、目ざす相手が通りかかるのを、小五郎が待つ。

日時は、明後日の夕暮れだ。

「七ツ（午後四時）前後に、かならず、相手はその道を通る」

のだそうな。

　さて、その相手というのを、治助からきいて、

（こんな、はなしは、はじめてだ）

と、小五郎はおもった。

相手は、駕籠《かご》に乗ってあらわれる、という。

それも町駕籠ではない。

立派な、身分のある武士が乗る駕籠だという。

その駕籠の中の人を殺すのが、小五郎の仕事であった。

「中の人は？」

　きいた小五郎へ、芝の治助がくびを振って、

「そいつは、わしも知らぬ。男であれ女であれ、子供だろうが老人《としより》だろうが……ともかく、その駕籠の中の人を殺《や》っておくんなさりゃあいいのだ」

と、いった。

「ふうむ……」

「どうだね、山崎さんとやら。やりにくいかえ？」

「相手のことをきいておいたほうが、やりよいにきまっていますよ」

「もっともだ。だが、わしも知らねえ」

治助も、だれかにたのまれたことなのである。

その依頼主が、ともかく駕籠の中の人を殺してくれればよい、と、いい、それ以上のことを語ろうとしなかったらしい。

「芝の元締ともあろうお方が、よく、こんなはなしを引きうけなさいましたね」

「山崎さん。いや、みかね」

「別に……」

「よんどころのねえ義理があってのことなのだよ」

「なるほど」

「それにこの仕事で、お前さんへわたす金は百両だが……」

小五郎の眼の色が少し変った。

(こいつは、大仕事だ)

であった。

小五郎に百両という大金が手わたされるからには、芝の治助も同額の金をもらうにちがいないし、羽沢の嘉兵衛《かへえ》へわたす礼金も五十両と下るまい。

そのほかに、まだ間に立つものがいるとすれば、合せて三百両余の大仕事になる。

この金高を、現代の実質的な価値に直すと、二千万円に近いものとなるだろう。

この大金にひきずられたというのではなく、

(これだけの大仕事なら、やって、やり甲斐《がい》があるな)

と、小五郎は考え直した。

久しぶりの仕事である。

小五郎のこの道の血が、さわいできはじめた。

そうした小五郎の胸のうちを、治助は早くも見とおしてしまい、

「では、やっておくんなさるねえ」

「ひきうけましょうよ」

「もう一つ……」

「え?」

「その駕籠の中の人を、四人のさむらいがまもっているそうな」

「四人……」

またしても小五郎の血がさわぐ。

その四人を殪《たお》してから、駕籠の中の者を斬《き》る。しかも、小五郎一人でだ。おもしろいではないか。

「わけがあって、この仕事は、どうあってもお前さんひとりでやってのけてもらわなくてはならねえ。なればこそ、金百両……」

「なるほど、よくわかりましたよ」

「では、いいねえ」

「よろしい」

これで、きまった。

芝の治助は、その場で金五十両の半金を、きれいに小五郎へわたしてよこし、

「では、たのみましたよ」

治助は、羽沢の嘉兵衛に見送られて、待たせておいた駕籠へ乗り、上きげんで帰って行った。

「きいたかね、山崎さん。相手は、合せて五人だよ」

嘉兵衛が、酒肴《しゅこう》をととのえさせ、自分の部屋へ小五郎をまねいて、

「引きうけなすったからには、覚悟はしておいてもらわねえと、ね」

「わかってますよ」

「よし。それなら、おれも肚《はら》をきめよう。こうなったら、お前さんが見事に仕終《しおお》せて、

また、おれがところへ帰って来てくれることさ。そのときは安心をしてもらいたい。羽沢の嘉兵衛が必ず、お前さんをかくまい通して見せる」

「たのみましたよ」

「ねえ、山崎さん。このはなしは、むろん、武家方のものだ。それも身分の知れた……」

「そのようだ」

「くれぐれも気をつけなせえよ」

「そのかわり、この仕事が終ったら、あんたも芝の元締へ大きな貸しをしたことになる」

「む……そいつは、まあ、ね」

「あんたにとっても、これは悪いことではない」

「だからこそ、はなしに乗ったのさ」

「ま、安心していて下さい」

「ほんとかね。たのんだよ、山崎さん」

その日。

山崎小五郎は昼前から、〔河半〕を出て、内藤新宿へ向った。

途中まで、町駕籠をつかい、四谷《よつや》・大木戸の手前で下りた。

大木戸から先は内藤新宿へ入り、道は甲州街道へそのままつながれる。

江戸と諸国をつなぐ五街道の一つである甲州街道の関門の名残りをとどめているのが、四谷の大木戸であった。

つい先頃まで、江戸からつけ出す駄賃馬も、この大木戸で役人に改められ、荷物の送り状のない馬は江戸への出入りを禁じたということだ。

小五郎は大木戸をぬけ、内藤新宿へ入った。

ここは、元禄《げんろく》のころに甲州街道の宿駅になったもので、一時、幕府の命令でとりつぶしとなり、その後また明和九年に宿駅となってからは、東海道の品川宿と同様に、甲州街道を出る者も入る者も、この新宿を起点・終点とすることになり、繁盛《はんじょう》をきわめるようになった。

この日は、朝から泣き出しそうな空模様であったが、小五郎が駕籠を下りたころから、雨が落ちて来はじめた。

黒い着物の着流しで、編笠《あみがさ》をかぶった山崎小五郎は、新宿中町の北側にある遠州屋という料理茶屋の二階座敷へあがり、すこし、酒をのんで時を待つことにした。

雨が、強くなってきた。

雨であろうが晴れていようが、

「かならず、七ツ（午後四時）前後に、駕籠は通る」

と、芝の治助はいっていた。

「すまないが、この雨だ。雨合羽《あまがっぱ》と菅笠《すげがさ》と、わらじを買ってきてくれ」

小五郎は、女中に〔こころづけ〕をたっぷりとはずみ、雨仕度をたのんだ。

一合の酒を、小五郎はゆっくりとのんだ。

これ以上、のむことはいけない。

(なにしろ、これから五人も斬るのだからな)

小五郎は、つかいなれた刀を、そっと撫《な》でた。

この刀は、伯耆守正幸《ほうきのかみまさゆき》作の二尺二寸五分七厘の銘刀だ。新刀ながら薩摩《さつま》鍛冶《かじ》を代表する逸品で、亡《な》き杉山弥兵衛《やへえ》が小五郎にくれたものであった。

八ツ半(午後三時)ごろに、小五郎は遠州屋を出た。着物の裾《すそ》を端折《はしょ》り、素足にわらじばきの小五郎は雨合羽に菅笠といういでたちで、新宿の通りへ出ると、内藤駿河《するがの》守《かみ》・下屋敷の西側へ入って行った。

突当りは、いちめんの畑である。

畑の中を突切ると、くねくねとうねった道が南へのびている。

雨が激しい。

畑道を通る人影もなかった。

芝の治助が図面でしめした雑木林の中へ、小五郎はもぐりこみ、しゃがみこんだ。

## 五

春とはいえ、名のみのことだ。

沛然《はいぜん》とけむる冷雨に、

(う、寒いな……)

小五郎は唇をかみしめた。

一合の酒の酔いなどは、まったく消えてしまっている。

どれほどの時間《とき》がながれたろうか……。

雨がいくぶん小やみになった。

(来た……)

小五郎は、立ちあがり、伯耆守正幸《ほうきのかみまさゆき》の鯉口《こいぐち》を切った。

小五郎がひそんでいる雑木林は、内藤家・下屋敷の南面にあたる。

道をへだてた向うも雑木林と畑地がつらなり、彼方《かなた》に大名や旗本屋敷の屋根がのぞまれるはずだが、いまは灰色の雨の幕にとざされ、なにも見えない。

その雨の幕を割って雨仕度の武士たちにまもられた駕籠《かご》が道へあらわれたのを、小五郎は見た。

(や……?)

駕籠をまもる武士は四人、ときいていたが、たしかに五つの人影である。

(合せて六人か……それも、いいだろう)

雨合羽をぬぎ捨てたが、菅笠《すげがさ》はかぶったままの山崎小五郎は、しずかに刀をぬきはらった。

(大丈夫。うまくやれるぞ!)

直感であった。

いささかの恐怖もなく、獲物《えもの》をねらう猟師の闘志のみが、小五郎の五体へみちみちてきている。

雑木林の向う道へ、駕籠と人がさしかかった。

小五郎は、地を蹴《け》って道へ躍り出した。

雨音が、小五郎の気配を消してしまっていた。

駕籠の前後につきそっている男たちは、雑木林の中から飛び出した小五郎に、まったく気づかなかった。

ものもいわずに小五郎が駈《か》け寄り、駕籠わきにいた武士の側面から斬《き》りつけた。

「わあっ……」

絶叫があった。

そのとき、すでに小五郎は燕《つばめ》のごとく身をひるがえし、駕籠をかついでいる小者の胴をなぎはらい、くるりと足をまわし、向う側の駕籠わきにいた一人のくび、すじをはね上げるように斬っている。

転瞬の間のことであった。

たちまちに三名、泥しぶきをあげて斬り殪《たお》されたのである。

駕籠が地に落ち、

「ひゃあっ……」

駕籠をかついでいた後の小者が悲鳴を発した。

「くせもの！」

「だ、だれかっ？」

駕籠のうしろの両わきにつきそっていた武士が笠をはねのけ、大刀を引きぬいて、
小五郎の前へ立ちふさがった。

立ちふさがったが、二人とも動転《どうてん》しきっている。

その二人の目の前へ肉迫《にくはく》した小五郎の躰《からだ》が、低く沈んだ。

「あ、あっ……」

「おのれ、こやつ……」

二人とも無茶苦茶に刀をふりまわし、地面へ叩《たた》きつけた。

二人の視界から小五郎の姿が、完全に消えていた。

小五郎は、身を沈めつつ、雨しぶきの中をすゝ早く二人の側面へまわりこみ、

「む！」

うなるような気合声をかけて、下からすくいあげるように一人を斬った。

小五郎の刃《やいば》は、その武士の胸もとから喉《のど》、あごへかけて深々と切り割っている。

刀を落し、両腕を突きあげるようにして倒れかかる武士の向うから、

「やあ！」

残る一人が、猛然と小五郎の頭上へ刀を打ちこんで来た。

ばさっと、小五郎の笠が二つに切れた。

笠を切られた小五郎は、腰をひねって大きく左足を引きざま、双手《もろて》突きに刀を突き出した。

「ぎゃあっ……」

すさまじい叫び声をあげた武士は、われから小五郎の刃へ胸板を押しつけたようなかたちになり、ふりかぶった刀を放《ほう》り落し、

「む、くく、く……」

わが胸へ突きこまれた小五郎の刃をつかもうとする。

小五郎が、刀を引きぬいた。

またも絶叫をあげ、その武士は前のめりに倒れ伏した。

駕籠をかついでいた後の小者は、道端へひれ伏し、両手にあたまを抱え、生きた心地もないと思えた。

これで五人。

小五郎は、またたく間に斬殺《ざんさつ》してしまった。

(駕籠をまもる者は、あと一人だ)

小五郎は正幸の一刀をつかみ直した。

一人、たしかに残っている。

その人影は、いま、駕籠のうしろから、ゆっくりと、こちらへ歩み寄って来る。

(わ……？)

小五郎は、目をみはった。

最後に残った一人は武士ではなかった。

網代笠《あじろ》をかぶった僧侶《そうりよ》なのである。

(坊主《ぼうず》か……)

坊主なら斬るつもりはない。

捨て子にされ、寺に育った小五郎だけに、

(よし。こちらの顔も見られていないし……坊主は見のがしてやろう)

そして、いきなり突きすすみ、刀を駕籠の中へ突きこもうとした。

「待て‼」

僧が、雷鳴のごとく叱咤《しった》して、駕籠わきへ走り寄り、小五郎の前へ両手をひろげて立ちふさがった。

「どけ」

笠の内から、小五郎がいった。

「どかぬ！」

叫ぶや、僧が網代笠をかなぐり捨てた。

（あっ……）

小五郎は、衝撃で、あやうく刀を取り落しそうになった。

（し、真方寺の老和尚《おしよう》……）

まさに、隆浄和尚ではないか。

山崎小五郎は、はっと笠の内の顔をうつ向け、飛び退《すさ》った。

まだ死にきれずにいる警固の武士の一人が、泥濘《ぬかるみ》にまみれ、うめき声をあげつつ、もがいていた。

「おぬし……何者じゃ？」

老和尚の声は、威厳《いげん》にみちている。

（まだ……まだ、おれだということに気づいていないらしい）

故郷を出てから、八年の歳月がすぎ去っている。

隆浄和尚の顔にも躰にも、その歳月がつみかさねられていた。

小五郎の一撃で、老和尚が殪れることは、うたがいをいれない。

だが、斬れなかった。

当然であろう。

生まれ落ちてすぐ、捨て子にされた小五郎をひろいあげ、十七歳まで、いつくしみ育ててくれた。

二十五年の人生で、小五郎に親愛の情をかたむけてくれたのは、この老和尚と杉山弥兵衛《やへえ》の二人のみなのである。

この二人だけは（といっても、すでに弥兵衛はこの世の人ではないが……）さすがの小五郎が、いかに斬ろうとしても斬り得ぬ人であった。

「去《い》ね」

老和尚が、またも叱咤した。

このとき、駕籠の戸が内側からひらいた。

小五郎は、中の人を見た。

意外にも、十二、三歳に見える少年なのだ。

前髪だちの、色の白い、ふっくらとした少年は、木綿の紋服・袴《はかま》に身を正し、きちんと両手をひざへおき、恐れげもなく、まじろぎもせずに小五郎を見つめている。
(な、なんだ。当の相手は、子供だったのか……)
がっくりと、小五郎は気落ちした。
「駕籠の戸を、おしめなされ」
と、隆浄和尚が小五郎をにらみすえたまま、少年にいった。
少年は、素直にうなずき、戸をしめた。
小五郎は、尚《なお》もうしろへさがった。
「去ね!!」
老和尚の声が、小五郎の胸へ突き刺さった。
小五郎の唇から、舌打ちがもれた。
小五郎は、顔をうつ向けたまま、刀を鞘《さや》へおさめ、雑木林の中へ駈けこんだ。
雨が、また強くなりはじめている。

六

小五郎は、雑木林の中へぬぎ捨ててあった雨合羽をひろって着た。
このあたりは、さすがに殺しのときの冷静さをうしなっていない。
そして……。

彼は襲撃現場から足を速めて遠ざかって行った。

(真方寺の和尚《おしょう》さまが、あのようにしてつきそっていたからには……あの、駕籠《かご》の中の子供は、筒井藩にかかわりあいのある子供なのか……そう見てよいだろう)

雨の畑道を、野を行きながら、小五郎は、いろいろと推測をしてみた。

筒井土岐守《ときのかみ》には、亀次郎《かめじろう》という世子がいる。

小五郎が、故郷を脱走したとき、この若君は五つか六つの幼児であったはずだ。

これは、小五郎も記憶していることである。

亀次郎は、殿さまの正夫人の腹から生まれた子だが、別に側妾《そばめ》・おさめの方が精之《せいの》助《すけ》という男子を生んでいるはずである。

精之助は、亀次郎より一つ下というのだから、

(もしや……)

精之助やも知れぬ、と、小五郎はおもった。

しかし、よく考えてみると、妾腹の精之助が江戸にいるはずはない。

精之助は、生母・おさめの方と共に国もとの藤野の城内で暮しているはずだ。

そして世子の亀次郎は生母と共に、筒井家の江戸藩邸内に起居している。

これは、大名の正夫人とあとつぎの男子は江戸藩邸へとどめおかれ、国もとへは行けぬさだめになっているのだ。

これは幕府が、一種の人質として大名の正夫人と世子を江戸へとどめておくように命じているからである。

だから殿さまは、隔年ごとに領国へ帰っても、夫人と世子をともなうことはゆるされない。

そのかわり、国もとへは側妾をおき、世子以外の子と共に暮すことがゆるされるのであった。

(と、すればあの、駕籠の中の子供は……?)

もしや、筒井土岐守の世子・亀次郎ではなかったのか……。

それにしては、警固の人数が少ないようにおもえる。

だが、あのように隆浄和尚がいのちがけで駕籠の少年をまもろうとしていたのは、

(ただごとではない)

のである。

筒井藩の上屋敷は、赤坂にある。

それは小五郎も耳にしていたけれども、別邸ともいうべき下屋敷が四谷《よつや》にもうけられていることは、まだ知っていない。

(もしも、あの子供が亀次郎君だとしたら……筒井藩十万五千石のあとつぎとなるべき若君を、ひそかに殺害しようとつけねらっているものがいる、ことになるわけだ。

それも、香具師《やし》の元締なぞという大名の家とはまったくかかわり合いのないやつどもの手を借りて……）

そこが、うなずけなかった。

どう考えても、わからぬ。

（どっちにしろ、和尚さまがあらわれては、仕方もねえことだ。それにしても困ったな、こいつは）

山崎小五郎ともあろうものが、はじめて獲物《えもの》をのがした。

仕損じたのである。

（さてどうするか？）

夜に入ってから、小五郎は、四谷御門外にある「万蔵金《まんぞうきん》」という〔しゃも鍋《なべ》や〕にいた。

返り血は、雨が洗いながしてくれた。

この店へ入って来たときの小五郎を、あやしむものはいなかった。

「びしょぬれになってしまった。すまないが、どこかで着るものを、ひとそろえ見つけて来てくれ」

惜しみなく金をわたし、〔万蔵金〕の女中を使いに出したあとで、亭主が風呂《ふろ》をたててくれた。

小五郎は、これまでに三、四度〔万蔵金〕へ来ていた。それも数年前のことで、杉山弥兵衛《やへえ》と共に江戸で暮していたとき、

「江戸の軍鶏《しゃも》は、あそこがいちばんだ」

と、つれて来てくれたのである。

商売柄とはいえ、おそろしいもので、

「以前、もう一人のおさむらいさまと、お見えになったことがございますね」

〔万蔵金〕の亭主に、そういわれて、小五郎は、

（うっかりできねえ。よく、おぼえているものだな）

いささか、おどろいたものだ。

湯にあたたまって、二階座敷へ通され、熱い酒をのむと、ようやく小五郎の気分も落ちついてきた。

（これから、どうするか？）

である。

仕事の失敗は、これをやり直して成功させればよい。そうすれば、芝の治助も羽沢の嘉兵衛《かへえ》も、何ひとつ文句はいうまい。

（だが、むずかしい……）

ことであった。

相手が相手だ。

隆浄和尚がつきそっていた駕籠の少年は、筒井土岐守の子でないにせよ、すくなくとも、筒井藩と関係のある良家の子と見てよいだろう。

と、なれば……。

今日の襲撃によって、あの少年の警固は厳重となり、外出の機会をねらうこともできなくなるにちがいない。小五郎が、これからのちの暗殺に成功する率は少なくなったといえる。

(あの駕籠には定紋がついていたろうに……うっかりと見きわめなかった。もしも筒井家の定紋だとしたら……)

なおさらに、仕事はむずかしくなるし、

(それに……)

隆浄和尚が、あれほどにまもりぬこうとした少年を殺すことが、小五郎にはためらわれた。

(こいつ、二度とはできねえ。どっちにしろ……)

ついに、小五郎はこころを決めた。決めざるを得なかった。

(さて、そうなると……)

事は、むずかしくなる。

この道の仕事で失敗をして、そのつぐないをせずに逃げたとなれば、かならず芝の治助がさし向けた刺客が小五郎のいのちをねらわずにはいない。

しかも、小五郎のことは諸国の香具師へ廻状《ふれ》がまわされるから、殺しの稼業《かぎよう》が成りたたなくなる。

身を寄せる場所も、ごく限られたものになるし、

(そうなりゃあ、またもとの切りとり強盗に身を落さなくてはならねえ)

のであった。

羽沢の嘉兵衛は、あれほどに小五郎を見こんでいてくれたけれども、仕事に失敗した小五郎をかくまってくれるはずはない。

芝の治助の追及をかわしきれるはずがないではないか。

いざとなれば、江戸中の香具師の元締が芝の治助の味方をして、小五郎をかくまった嘉兵衛を敵にまわしかねない。そのようなばかなまねを嘉兵衛がするはずはないのである。

(待てよ……)

しゃも鍋をつついていた小五郎の手がとまった。

山崎小五郎の両眼が、妖《あや》しい光をたたえはじめた。

(ふむ。こいつはおもしろい……かも知れねえ)

いま、小五郎の胸のうちにうかびあがってきた計画は恐るべきものであった。

今日の襲撃を小五郎にたのんだことを知っているのは、芝の治助と羽沢の嘉兵衛の二人のみである。

このことは、これまでの小五郎の経験から、うたがう余地のないものだ。

(よし!)

おもいきって、やってみるか、と、小五郎は盃《さかずき》を口にふくんだ。

酒は冷えていた。

「おい。だれかいないか……そうだ。酒を熱くしてな」

廊下の女中へいいつけておいて、小五郎は、

(そうと決まったら、急がなくてはならねえ)

と、おもった。

酒をはこんで来た女中に、小五郎がきいた。

「いま、何刻《なんどき》だね?」

「五ツ(午後八時)をまわりました」

「すまないが、勘定をして……それから駕籠をよんでくれないか」

「はい、はい」

「急いで、たのむよ」

雨が、小やみになってきたようだ。

# 元締殺し

一

芝から麻布《あざぶ》へかけての盛り場を縄張りにしている芝の元締・治助の家は、芝の宇田川町にある。

治助は、ここで〔大むら〕という蕎麦屋《そばや》を経営していた。

まわりには、瀬戸物問屋の尾張屋《おわりや》とか、白粉《おしろい》紅問屋の丁字屋とか、江戸でも名の通った老舗《しにせ》が軒をならべている。

このあたりは、徳川家康《いえやす》が江戸へ入ったときからひらけているだけに、商家の格も高いし、裏道の住宅地にも、能楽師だの、著名な医者などが住み暮していた。

蕎麦屋の〔大むら〕も、なかなか立派な構えであって、凝った中庭をかこむかたちに廊下がまわり、ちょっと料理茶屋のおもむきがある。

この店の采配《さいはい》をふっているのは、治助の女房・おだいで、治助は別棟の一角にいて、経営には少しも口を出さない。

なんといっても、江戸の香具師《やし》の元締の中では〔長老〕的な存在の治助だし、自分の縄張りをたばねて行くについては、有能な配下が何人もいて、いちいち治助が顔を見せなくともすむようになっている。

山崎小五郎が、芝の源助町で駕籠《かご》を乗り捨てたのは、四ツ（午後十時）をまわっていたろう。

雨は、すっかりあがっていた。

駕籠が帰って行くのを見送ってから、小五郎は日蔭《ひかげ》町通りへ切れこみ、左へまがって、まっすぐに南へすすむ。

暗夜であった。

人っ子ひとり通っていない。

右側は、旗本屋敷や大名屋敷の土塀《どべい》がつらなり、左側には源助町、露月町、柴井町へ大戸を下ろした町家がつづき、やがて宇田川町になる。

小五郎は、蕎麦屋〔大むら〕と白粉紅問屋〔丁字屋〕の間に通っている細道へ、溶けこむように入って行った。

（ここだな、芝の治助の住居は……）

これから小五郎が、してのけようとしていることは、さすがの彼もこれまでにやったことのない冒険であった。

（ゆっくりとしてもいられねえな）

小五郎は、やや緊張していた。

仕損じたなら、取り返しのつかぬことになるだろう。

〔大むら〕の裏塀外に立った小五郎が、腰を沈め、

「む！」

低い、うめき声のような気合を発して、空間に躍りあがった。

小五郎の両手が、塀にかかると、その躰《からだ》は闇《やみ》を切って塀の内側へ飛びこんでいたのである。

そのころ……。

芝の治助は、寝間で熟睡していた。

五十になる女房のおだいは、母屋《おもや》の寝間にねむっている。

治助が起居している別棟は、茶室めいた部屋ばかりで、ここに武家の客を入れることもあった。

母屋には二階があるけれども、中庭をへだてた別棟は、四間の平屋であった。

小五郎は、治助が、この別棟に暮していることを、羽沢の嘉兵衛《かへえ》からきいていた。

「芝のとっつぁんはね、麻布のほうに若い妾《の》をかこっていてね。だから、女房《ばあさん》と仲がよくねえそうな。別棟で、ひとりぽつねんと暮していなさるのさ」

この嘉兵衛のことばをきいていなかったら、おそらく小五郎は、今夜の計画もおも

いつかなかったのではないか……。

（ここだな……）

中庭へ潜入した小五郎は、すぐに、治助の在処《ありか》をかぎつけてしまった。

治助は、よく、寝入っていた。

明日の朝には、小五郎にたのんだ暗殺の成果が耳へ入って来ようとおもいつつ、一合の寝酒をのみ、ちょうど小五郎が四谷《よつや》御門外の〔万蔵金〕を駕籠で出た時刻に、寝間へ入ったのである。

はっと……。

治助は、目ざめた。

喉《のど》もとへ強烈な圧力を加えられたのである。

「あ……う……」

かすかにうなった。

意識がもどったのも瞬間のことで、あとはもう何も彼《か》もわからなくなってしまい、そのまま息絶えた。

（よし……）

音もなく寝間へ入って来て、ねむりこけている治助のくびを一気に締めあげ、殺してしまった山崎小五郎は、音もなく戸外の闇へ消えた。

治助の死体が発見されたのは、翌早朝のことだ。

ところで……。

芝の治助を殺し、宇田川町の通りへもどった小五郎は、裾《すそ》を端折《はしょ》った素足へ用意のわらじをはき、すばらしい速さで走り出している。

今日の暗殺計画を知るものは、これを芝の治助へたのんで来た依頼人のほかには、治助・嘉兵衛・小五郎の三人のみであった。

おそらく治助は、依頼人に対して、嘉兵衛と小五郎の名をうちあけてはいないはずだ。それが、この道の掟《おきて》なのだから……。

とすれば……。

治助と嘉兵衛を殺してしまえば、小五郎の失敗は、だれにもわからない。

だが、万一ということもある。

治助と嘉兵衛が、こころをゆるした配下のだれかに、今度のことをうちあけていた、ということもないとはいいきれない。

だから、小五郎は賭《か》けていたのであった。

二

やんでいた雨が、また、ふり出してきた。

九ツ半（午前一時）ごろには、またも沛然《はいぜん》となった。

その雨の音で、羽沢の嘉兵衛《かへえ》が目ざめた。

両国橋の東、回向院に近い料理茶屋〔河半〕の自分の寝間である。

「また、ふり出しゃあがった……」

嘉兵衛は、声に出してつぶやいた。

ねむりが、浅かったようだ。

（山崎さんは、どうしたのかな？　まさか、仕損じたわけでもあるめえが……それにしても、帰りがおそい）

なんといっても、小五郎をはじめて仕事に出しただけに、嘉兵衛も不安になってきたようだ。

（おれの目に狂いはねえ。仕損じのねえ男と見た……）

だが、おそい。

おそくとも二刻《とき》（四時間）前までには、小五郎が、〔河半〕へ帰って来ていなくてはならない。

「おい……おい、おもん……おもん、起きねえか」

と嘉兵衛は、この夜、めずらしく添い寝をしている妾《めかけ》のおもんをゆり起した。

大柄で、たっぷりと量感のある躰《からだ》つきのおもんだが、肌があたたかすぎて、それが嘉兵衛の好みに合わない。

ちかごろは三月に一度、おもんの肌にふれるかふれないか、というところであった。

嘉兵衛は浅草・聖天町に、もう一人の若い妾を囲っていた。

しっとりと、冷たい肌をしている若い女が、嘉兵衛の好みであった。

おもんも、それを知っている。

だが、決して嫉妬《しっと》をせず（というよりも、気にかけず）河半の経営に打ちこんでいる。

そうしたところに、おもんという女の価値が嘉兵衛にとってはあることになる。

「どうしなすったんですよ、元締……」

「寝そびれちまった」

「おや……」

「すまねえが、冷酒《ひや》をもってきてくんねえ」

「あい」

おもんが床から立ち、半纏《はんてん》を引っかけて廊下へ出て行った。

廊下は暗かったが、おもんは勝手知ったことだし、灯《あか》りも持たずに台所のほうへ去った。

嘉兵衛は、行燈《あんどん》のあかりをかきたてて、煙管《きせる》を手に取った。

実に、このときであった。

おもんが、しめていった障子がするりと開いたので、

「早《はえ》えじゃねえか」

おもんだとばかり思いこみ、煙草《たばこ》を吸いつけながら嘉兵衛が、そう声をかけたとき、廊下の暗がりから何かが、風を切って部屋の中へ飛んで来て、これが何と行燈へ当った。

行燈が倒れ、あかりが消えた。

「だれだっ！」

叫んで振り向き、片ひざを立てた羽沢の嘉兵衛の脳天へ、棍棒《こんぼう》がうなりを生じて打ちこまれた。

「う……」

一撃で、嘉兵衛は倒れた。

山崎小五郎が、棍棒を投げ捨て、気をうしなった嘉兵衛のくびへ両腕をのばした。

嘉兵衛の叫びは、洩《も》れなかったらしい。

間もなく……。

冷酒の茶わんをもって、部屋へもどって来たおもんが、

「あっ……」

立ちすくんだ。

嘉兵衛は、完全に締め殺されていた。

廊下の向うの、庭に面した雨戸が一枚はずれていて、そこから雨がふきこんでいる。

「も、元締……もし、元締……」

抱き起して、懸命に叫んでみたが、こたえなかった。

「だれか……だれか、いないか。早く来ておくれ。だれか、早く……」

しっかり者のおもんが、さすがに狼狽《ろうばい》して、大声に叫んだ。

〔河半〕のものたちが、その声をきいて、駈《か》けつけて来た。

「どうしたのだ？」

〔離れ〕から、廊下づたいに寝衣《ねまき》姿の山崎小五郎が大刀をつかんであらわれた。

「や、山崎先生。元締が……」

「えっ」

部屋へ駈けこんで来た小五郎がもっともらしいあわて顔で、

「これは、いかぬ」

嘉兵衛の顔を見て、

「息が絶えている」

茫然《ぼうぜん》と、いったものだ。

大さわぎになった。

使いが、八方に飛んだ。

夜が明けぬうちに……。

嘉兵衛の配下で〔四天王〕とよばれている四人が駈けつけて来た。

五名《ごみよう》の清右衛門《せいえもん》（五十六歳）

日野《ひの》の佐喜松《さきまつ》（四十歳）

青笹《あおざさ》の文太郎《ぶんたろう》（三十五歳）

桑野《くわの》の定八《さだはち》（三十一歳）

この四人が、つまり羽沢の嘉兵衛の手足となってはたらいている男たちであった。

「元締を殺《や》ったのは、ただ者じゃあねえ」

と、五名の清右衛門が断言をした。

「そうさ、な……」

日野の佐喜松が白く眼をむいて、

「だれにも知られず、雨音にまぎれ、庭から雨戸を外して入りこみ、元締に声もたてさせずに締め殺したというのは……」

「そうよ。こいつはなんだな、ずっと前からだれかが、たくらんでいやがったにちげえねえ」

「清右衛門どんも、そう思いなさるか」

「うむ。それに、一人の仕わざじゃねえ。一人では、これだけのことを仕てのけられめえよ」

「なるほど」

そばで、神妙な顔をしてきいていながら、山崎小五郎は、

(どうやら、うまくいったようだな)

胸の内で、ほくそ笑んでいる。

「それにしても……」

いいさして、じろり清右衛門がおもんを見やり、

「おかみさんが、早速に、ここの奉公人をよびあつめたのは、まずかった」

と、いった。

おもんは、うなだれている。

「せめて、山崎先生だけをよんでおくんなさるとか、なんとか、その……」

「すみません、たしかに、あたしがいけなかった」

それはつまり、羽沢の嘉兵衛の急死が世間へもれると、両国一帯から浅草へかけての、嘉兵衛の縄張り内が混乱しかねないからなのである。

嘉兵衛には、ひとりむすめのお千代がいるけれども、これは十年も前に、麹町《こうじまち》七丁

目の茶問屋〔久米屋与兵衛〕方へ嫁入り、五人もの子をもうけ、嘉兵衛の稼業《かぎょう》とはまったくはなれたところで暮していた。

また、それが羽沢の嘉兵衛の望むところであり、将来、香具師《やし》の元締としての座はしかるべき配下の中からえらび、その男にゆずりわたして自分はおもんと隠居するつもりでいたそうな。

「さあて……これから、どうするかな」

と、清右衛門が、佐喜松、文太郎、定八の三人を複雑な表情でながめやった。

三人とも、眼を伏せた。

(ははあ……)

それを見ていた小五郎は、

(嘉兵衛の跡目をだれがつぐことになるか……こいつ、ひとさわぎ起りそうだぞ)

と、感じた。

そのとき、五名の清右衛門が、きびしい声でいった。

「すみませんが山崎先生。ちょいとその、席をはずして下さいましよ」

## 三

翌朝になると……。

芝の治助が、羽沢の嘉兵衛《かへえ》と、

「同じ手口で……」

暗殺されたことがわかった。

芝の治助には、井田《いだ》の市蔵《いちぞう》という四十がらみの立派な右腕がいて、七十の老齢だった治助にかわり、これまでもいっさいの采配《さいはい》をふってきたのだから、いまここで治助が死んでも、その縄張りはびくともするものではない。

市蔵が、二代目の芝の治助になることは、江戸中の香具師《やし》仲間がみとめていることでもある。

だから、治助の死は公然と、江戸中の元締たちへ知らされた。

しかし、羽沢の嘉兵衛の死については、

「ともかく、世間へ知れわたるまでは、だまっていよう」

ということになった。

その間に、羽沢一家の跡つぎをきめ、万全の体制をととのえておかなくてはならない。

一家がもめていると、他の元締の手が伸びて来て、縄張りをうばい取られることになりかねない。

嘉兵衛は生前に、

「おれの跡目は、だれだれに……」

と、はっきりいいのこしていなかった。

だが〔四天王〕のうちのだれかがえらばれることは当然であった。

このうち、五名《ごみょう》の清右衛門《せいえもん》は五十をこえているし、当人も跡目をつぐ気はない。

「おれはなあ、羽沢一家の隠居よ」

つまり、一家の年寄として目を光らせていることが〔役目〕だと、清右衛門はおもっているのだ。

すると、残る三人のうち、もっとも年長である日野の佐喜松はどうか……。

佐喜松について、生前の羽沢の嘉兵衛が清右衛門へ、こうもらしたことがある。

「佐喜松は滅法《めっぽう》あたまが切れるけれども、切れすぎていけねえ。多勢の子分をたばね、縄張りをまもってゆくには、ちょいと気にかかることがある」

このことは、清右衛門ひとりの胸にたたまれているが、清右衛門としては死んだ元締がいいのこしたことばとして、佐喜松に跡目をつがせるのは適当でないとのみこんでいる。

では、青笹《あおざさ》の文太郎と桑野の定八の二人はどうか……。

清右衛門から見て、

(どっちともいえねえ)

のである。

二人とも、しっかりしている。年も三十をこえていて、仕事も万事のみこんでいる。

（さて、困った……）

というのは、清右衛門とちがって三人とも、羽沢の元締の座へつくことを、かねてから熱望してい、その希望あればこそ一所懸命に亡《な》き嘉兵衛へ、

（忠義をつくしてきたのだものなあ）

と、清右衛門はためいきをついた。

だから、これから三人が元締の座をねらって争うことになりかねないのだ。

ところで……。

芝の治助の死が〔河半〕へもたらされ、使いの者に清右衛門が治助の死様をきき、

「締め殺されなすったと……」

瞠目《どうもく》した。

使いの者を帰してから、清右衛門は〔河半〕の一間にこもり、熱い酒をもってこさせ、これをちびちびとなめながら、おもいにふけった。

いちおう、嘉兵衛は急病で寝ている、ことにしてある。

いちおう、奉公人へも口どめしてある。

いちおう、〔河半〕の店も休業せず、平常通りに営業させることにした。

おもんとしては、いま、もっとも五名の清右衛門をたよりにしてい、そのことばにしたがっている。

佐喜松以下の三人も、いまのところは〔年寄〕の清右衛門の指図にしたがうよりほかない。

清右衛門が、

「跡目は、お前さんについでもらおう」

と、いい出してくれるのが、もっともスムーズに事がおさまることになるのであった。

(どうも、妙だな……)

清右衛門は、二本目の酒にかかりながら、

(同じ夜に、同じ手口で、うちの元締と芝の元締が殺されなすった。こいつ、なにかある。いうまでもなく、何も盗《と》られていねえのだから……こいつは元締を殺すだけのためにに忍びこんで来やがったのだ)

凝《じっ》と、空間の一点を針のように細い目でにらみすえていたが、手を叩《たた》いて女中を呼び、

「おかみさんに、ここへ来てもらっておくれ」

「はい」

すぐに、おもんが来た。

「おかみさん。これからはなすことは、二人だけの……はなしでござんすよ」

「はい、わかりましたよ」

「ねえ……芝の元締が殺されなすったことを……」

「それがさ、清右衛門さん。あたし、どうも妙な……」

「おかみさんも、そうおもいなさるかえ」

「ええ。だって……」

「それでね。おかみさん。三日ほど前に、芝の元締がここへ来なすったそうですねえ」

「そ、そうなんですよ」

「うちの元締と、長い間、はなしこんでいなすったとか……」

「ええ」

「二人っきりで、ね？」

「いいえ。あの、山崎先生が途中で……」

「なんですって？」

「うちの元締と入れかわりに、先生が芝の元締と、はなしこんでいましたけれど……」

「ほほう……」

清右衛門の両眼が、いよいよ細くなった。

緊張すると眼が細くなるのは、山崎小五郎と、よく似ていることになる。

「おかみさん。山崎先生は、いますかねえ？」

「ええ、離れに……」

「そっと、何気なく、ここへよんでおくんなさらねえか」

「はい。でも……」

と、おもんの顔色も、すこし変っていた。

「おかみさん。考えすぎちゃあいけねえ」

清右衛門が笑って見せ、

「ちょいと山崎先生に、そのときの様子をきいて見るだけですよ」

といった。

四

小五郎が入って来ると、

「ま、こちらへ……お手間はとらせません」

清右衛門《せいえもん》が愛想よく迎え、

「先生も、さっき、芝の元締が死んだという知らせをききなさいましたねえ」

「うむ。同じ夜に同じ手口だという。こいつは妙な……」

「先生も、そうおもいなさる？」

「おればかりじゃあない。だれしも、おかしいと考えるだろう。同じ稼業《かぎょう》だけに、な」

「で、どうおもいなさる？」

「見当がつかぬな」

「ねえ、先生……」

「なんだね？」

「三日ほど前、芝の元締がここへ見えたとき、先生と二人きりで、何か……」

「あのことか……」

「いってえ、どんな……」

「ありゃあな……」

と、小五郎が事もなげに、

「おれをもらいに来たのだ」

「先生を？」

「芝の元締は、これまでに、おれのしてきたことを耳にはさんでいたらしい。そこで、おれをここの元締からもらいに来たのさ」

「へえ……なるほど。もらいに来たということは、つまり、先生に何か……」

「つまり、おれの腕を見込んで、何か、たのみごとがあったのだろうよ」

「どんな?」

「さ、そいつは知らねえ。だが、月に二十両くれるといった。毎月二十両の手当で、しばらくうちであそんでいてくれ、といったよ」

「すると、うちの元締も承知しなすったのですね?」

「いや、おれの気もち次第だ、と、こういってくれた」

「なるほどねえ。芝の元締のたのみなら無下《むげ》にことわれなかったのでござんしょうな」

「だろうな」

「それで?」

「いいはなしだが、ことわった。ここの元締に恩義があるしな。金でさそわれたからといって、さっさと出ていくわけにもいくまい」

「よくわかりました」

小五郎が去ってのち清右衛門は、またおもんに来てもらった。

「おかみさん。でもねえ、ひとつ、気にかかることがあるのだ」

「なにが？」

「昨日の昼すぎから、山崎先生は外へ出たきり、夜ふけまで帰らなかったそうだが……」

「ええ。女中が五ツ（午後八時）すぎに、床をとりに離れへ行ったときは、まだ帰って来ていなかったそうですよ。でもね、毎度のことではあるけれど……」

「それで？」

「あとのことは、わかりません」

「先生は、どこから帰って来なさる？」

「そりゃ、夜おそいときは裏の勝手口から……」

「それなら、勝手の戸を開けた者がいるはずだ。それをさがし出して、ここへよんでおくんなさい」

「わかりました」

そのころ……。

山崎小五郎は、離れの部屋でくちびるを噛《か》んでいた。

（どうも、あの、五名の清右衛門という爺《じじ》い、ゆだんがならねえ。おれとしたことが、手ぬかりだった。嘉兵衛《かへえ》を殺すことだけ考えて、妾《めかけ》のおもんのことを忘れていた。嘉兵衛がひとりで寝ているものとばかりおもっていたし……ところが、昨夜めずらしく、

寝間へおもんをよんで、いっしょに寝ていやがった)

おもんが酒をとりに部屋を出て行った後で潜入して嘉兵衛を殺し、小五郎が庭へ出て塀を乗りこえようとしたとき、おもんが部屋へもどり、すぐさま死体を発見し、大さわぎとなってしまった。

このとき……。

小五郎はおもいきって、そのまま庭を突切り、塀を乗りこえ、外へ出てしまい、あらためて勝手口の戸をたたいたほうがよかったやも知れぬ。

しかし、とっさに、

(あやしまれては、いけない)

そのためには、何くわぬ顔で〔離れ〕から出て行ったほうがよいと感じ、すばやく離れへ飛びこみ、寝まきに着かえて廊下へ出たのであった。

これが、まずかった。

小五郎が、

(嘉兵衛の死体は、朝まで見つからぬ)

と、おもいこんでいた計算が一つ狂った。まさか昨夜、嘉兵衛がめずらしくおもんを抱こうとはおもっていなかった。

おもんの叫び声で屋内がさわがしくなり、あわてて離れへ飛びこみ、そこから駈《か》けつけたことによって、また一つ計算が狂った。

（こうなると、おれが帰って来たとき、いつものように勝手口の戸を開けた者がいなくてはならねえ。ところが、だれもいねえことになると、こいつ、あぶねえ。清右衛門はきっと、そこまでたしかめずにはおくまい）

であった。

五

夕闇《ゆうやみ》が、いつの間にか濃くなってきている。

（このままで、ここにいると、どうもあぶねえ）

小五郎の予感は強くなるばかりだ。

（五名《ごみょう》の清《せい》右衛《え》門《もん》という爺《じじ》い、あいつは油断も隙《すき》もねえやつだ）

小五郎は、ずっしりと重い胴巻を腹へ巻きつけた。

芝の治助がよこした半金の五十両は、まだ手つかずになっている。これだけの金があれば、どこへ向けて旅に出ても、二年は食うに困るまい。

（あとは、野となれか……）

と、小五郎は〔河半〕をそっと脱《ぬ》け出し、江戸から逃げるつもりになっていた。

旅仕度も何もせず、着のみ着のまま、金だけ持ってさり気なく、ここを出て行くつ

もりで、廊下に面した障子へ手をかけたとき、

(や……?)

廊下を、小走りに近づいて来る足音をきいた。

(女だな。ここの、かみさんか……?)

ちがう。

女中のお千であった。

「せ、先生……」

「どうした、顔色がわるいぞ」

「どこへ、いらっしゃるんです?」

「どこへも行かないよ」

「あの……」

「なんだ?」

「ちょいと、あの……」

お千が小五郎を部屋の中へ押しこむようにして、うしろ手に障子をしめた。

あかりも入っていない部屋の中の夕闇が夜のそれに変りつつあった。

庭の向うの部屋部屋には、あかるく灯がともり、客の声がにぎやかにきこえはじめている。

「いったい、なんだ？」

「いまさっき……おかみさんが、うちの人たちにききまわっていたんです」

「ふうん……何をね？」

「昨夜、山崎先生が帰って来たとき、勝手口の戸を開けたものが、いるかどうかって……」

「それで？」

「あたしも、きかれたんです。おかみさんに……」

「なんとこたえた？」

「あたしが戸を開けた、そういいました」

「開けもせぬのに、な……」

「でも、そういっておいたほうが、先生のおためになるとおもったんですから」

「なぜ、そうおもったね？」

「昨夜のこと……あのうちの元締が殺されたことと、それに、芝の元締さんまでが……」

「そのことと、おれとが、何の関り合《かかわ》いでもあるとおもうのか？」

「いいえ、でも……もしかして、先生のことを、清右衛門さんやおかみさんがうたぐっているのじゃあないか、と、そんな気がふっと……」

いいさして、お千が声をのみ、あえぎはじめた。

小五郎が左腕をお千の肩へまわして抱きよせ、右手を胸もとへさしこみ、乳房をまさぐりはじめたからである。

「お千……」

「あ、あい……」

「よくやってくれたね」

「では、やっぱり……」

「いや、ちがう。なんで、おれが元締を手にかけるものか」

「そりゃ、ほんとうに……？」

「そうだとも、おれはな、元締が殺《や》られる半刻《はんとき》も前に帰って来ている。夜ふけて帰って、よくねむりこんでいるお前たちを起すのが気の毒になり、塀を乗りこえて、ここへ入った。まさか、それから半刻後に、曲者《くせもの》が忍びこみ、元締を殺そうなどとは、夢にも、おもわなかったよ」

「あ、ああ……」

お千が、ぐったりと小五郎の胸へもたれ、

「あ、安心しましたよう……」

「おれも、ほっとした。なんといっても勝手口の戸を開けたものがいないと、いくら説《と》いてきかせても、こいつは信用してもらえそうもない。弱っていたところさ」

「じゃあ、ほんとによかった……」

「うれしいぜ。お前なりゃこそだ」

「あたしも、うれしい」

「これで、清右衛門さんもおかみさんも、うたがいを解いてくれるだろうよ」

廊下の彼方《かなた》で、お千の名をよぶ女の声がした。

「よんでるぜ。さ、行っておいで」

「ええ……」

「今夜、おいで。おもいきり可愛《かわい》がってやりたくなった」

「ほんとうに……」

「七転八倒させてやろうよ」

「いやな、先生……」

六

五名《ごみょう》の清《せい》右衛《え》門《もん》も、浅草・阿部川《あべかわ》町の自分の家へ帰って行ったということだ。

小五郎は、お千のことばをきいて、

(急がずともいい)

おもい直した。

今夜、行方知れずになったら、清右衛門はきっと、小五郎を嘉兵衛《かへえ》殺しの下手人としてあつかうにちがいない。

何人もの刺客が、小五郎を追いかけて来るにちがいない。

だからといって、わざわざ殺されるつもりはないが、事はめんどうになるばかりであろう。

いつものように小五郎のほうから奇襲をかけるのではなく、小五郎が刺客たちの奇襲をうける立場になる。これは怖い。

それに……。

いちおう疑惑《ぎわく》を解いたとしても、あの隙《すき》のない清右衛門のことであるから、

(きっと、だれかにいいつけて、おれを見張らせているにちがいない)

と、小五郎は考えた。

(お千のおかげで、おれも、とにかく落ちついた立場になれたのだから……なにも急ぐことはねえ。そのかわり、お千の口だけはうまく封じておかなくては、な……ま、できるだけおもちゃにしてやることさ。そうすりゃあ、あの女め、夢中になってよろこんでいるのだものな。そして……そして、ほとぼりがさめたら、お千をうまく、あの世へやってしまえばいい)

行燈《あんどん》にあかりを入れ、小五郎が煙草《たばこ》を吸いはじめたとき、女中二人が夕飯の膳《ぜん》と酒の仕度をしてあらわれ、そのあとからおもんが笑顔を見せた。

その笑顔を見たとき、

（ははあ……おれのうたがいは、解けたのだな）

と、小五郎は感じとったのである。

女中ふたりが去ってから、おもんが、

「山崎先生、さっきは清右衛門がどうも……」

「おかみさん。別に、気にしてはいませんよ」

「清右衛門からも、よろしく、先生におわびをしておいてくれ、とのことでございました」

「おわびと、ね」

「いえ、あの……」

おもんは狼狽《ろうばい》し、

「あの、その、いろいろとつまらないことを先生におききしたから、それでおわびを、と……」

「あ、そうか」

小五郎は、しつっこく問いかけることをやめ、

「ほう。御馳走《ごちそう》ですね」

「ま、ゆっくりあがって下さいましよ」

「ありがとう。ときに、元締の死骸《しがい》は……？」

「まだ、あのままに……」

「亡《な》くなったことを、いつまでもかくしておくわけにはいくまい。死骸がにおうよ」

「え……ですから清右衛門たちが、明日中にも……」

「ともかく、おかみさんも大変でしたなあ」

「ええ、もうどうしていいやら途方に暮れてしまって……」

急に、嘉兵衛が死んだので、おもんの身のふり方がどうなるのか。このまま〔河半〕の女主人で通して行けるのなら、おもんは悲しいこともあるまい。

男と女の関係としては、おもんも、あまり嘉兵衛にみれんはないはずである。

どちらにしろ、清右衛門たち〔四天王〕の間で、すべてがうまくはこばれてくれることを、おもんはねがうのみなのであった。

「まあ、ひとつお酌を……」

「あ、かまわないで下さいよ。私は手酌が好きでね」

「さよでございますか。では先生、勝手ですけれど……」

「店は開けているのだ。遠慮なく、帳場へ行って下さい」

「では、ごめん下さいましよ」

山崎小五郎が、ゆっくりと三本の酒をのみ、夕飯を終えたころ、五名の清右衛門は〔河半〕からも程近い本所二ツ目にある豚鍋《なべ》屋の〔米伝《よねでん》〕の二階座敷にいた。

また、雨がけむりはじめている。

「この雨がやんだら、ぐっと暖かくなるねえ」

と、清右衛門が酒をはこんで来たなじみの女中にいった。

「けど、よくふりますねえ」

「あ……鍋は、客が来てからにしてくんねえ」

「はい、はい」

「金杉橋の長助《ちょうすけ》という人が来る。御用聞きだから、そのつもりでな」

「承知しました」

女中が下へ去ったとおもったら、すぐにあがって来て、

「お見えになりました」

七

女中に案内されて入ってきたのは、これも五十がらみの男で、小柄な体軀《たいく》だが、きびきびとした物腰の、いかにも御用聞きと見える金杉橋の長助であった。

「こりゃあ兄《あに》さん、久しぶりで……」

と、長助が清右衛門《せいえもん》にいった。

「よび出しをかけてすまねえ。さぞ、いそがしいこととおもっていたのだが、ぜひとも今夜のうちにきいておきてえことがあったものだからね」

「へえ、なんです、兄さん」

口先だけの〔兄さん〕ではない。

五名《ごみょう》の清右衛門は、長助の実の兄なのである。

だが、このことを知るものは、あまりいないはずだ。

それというのも、香具師《やし》の元締の片腕となって、裏側へまわれば金しだいで人殺しも引きうけようという清右衛門と、いやしくも町奉行所の手先となり、江戸市中の刑事にはたらこうという弟の長助とでは、あまりにも立場がちがいすぎる。

けれども、長助にしてみれば、兄の清右衛門の密告によって兇悪犯《きょうあく》を捕え、手柄を立てたことが何度かある。

そのかわり清右衛門も、お上の御用をつとめる弟を利用し、甘い汁を吸うこともあるのだ。

現に……。

金杉橋の長助は、同じ土地《ところ》に住むことから、かねがね芝の治助のもとへ出入りをし、もちつもたれつの間柄であることは、知る人ぞ知るなのである。たがいに痛いところをつかみ合ってい、たがいに利害関係を一致させ、たがいに甘い汁を吸う。

顔のひろい芝の治助のおかげで、長助は何度も手柄をたてることができた。

そのかわり、治助の悪質なたのみごとも、目をつぶってやらねばならない。

「長よ」

と、清右衛門が、豚肉を煮る味噌《みそ》のにおいに小鼻をひくひくさせつつ、

「さ、食べようぜ」

「ちょうだいしますよ」

「こいつ、匂《にお》いがするが、精がついて、おれなんざあ欠かせねえよ」

「まったく、ね」

「ときに、長よ」

「なんです、兄さん」

「芝の元締のことだが――」

「知らせが行きましたかい？」

「来たよ、ああ」

「羽沢の元締も、さぞ、おどろきなすったでしょうね」

「ところが……」

「え？」

「うちの元締も、死んじまったよ」

「なんですって……」

長助が箸《はし》を落し、ぎらりと眼を光らせた。

「やっぱり、お前にも知られていなかったようだな」

「初耳です。いってえ、どうしてまた……」

「芝の元締と同じ手口で、昨夜、殺《や》られなすった」

「げえっ……」

「おどろいたかえ」

「こ、これが、おどろかずにいられますかい、兄《あに》さん」

「どうだ、ふしぎにはおもわねえか？」

「ふうむ……」

長助は、無意識のうちに、ふところの十手《じって》をにぎりしめていた。

「長よ。こいつは、あんまり辻褄《つじつま》が合いすぎていやあしねえか。お前は何と見るえ？」

「ふたりの元締を殺ったのは、同じやつ、だと……？」

「おれも、そうおもえて仕方がねえのよ」

長助は、顔面蒼白《そうはく》となっていた。

「長よ。お前、何か、おもい当ることがあるな。いや、そうにちげえねえ。顔に書いてあるぜ」

「あ、兄さん」

「どうした。いうことがあるなら、いってくんねえ。こんなときにこそ、実の兄弟が腹を割ってはなし合わなくてどうなるものか」

「ち、ちげえねえ」

「さ、なんでもいってくれ、よ」

「兄さん……実はね、三、四日前に、芝の元締が、お前さんのとこの元締へたのみごとをしなすった」

「どんな？」

「殺しさ」

「ふうむ……芝の元締が、お前に、そういったのか？」

「そうとも」

「おかしいな。殺しの仕事は他人にもらさねえはずだ」

「それがさ。このはなしを芝の元締へ持ちこんだのは、ほかならねえ、このおれなのだよ、兄さん」

「なんだと……」

「急ぎのことで、芝の元締のところには、うめえ人《の》がいなかった。そこで、羽沢の元締のところへたのんでおくんなすったのだ」

「そうか……そうだったのか」

「その殺しは、昨日の夕方にやってのけるはずだったのでね」

「じゃあ、うちの元締が引きうけなすったのだな？」

「そうとも。なんでも、お前さんのところに若い浪人で滅法、腕のきいたのがいた、と、芝の元締はよろこんで帰って来て、あっしにいっていなすった」

「なるほど……」

「だからよ、兄さん。芝の元締も、あっしも安心しきっていたのさ。ところが、兄さん……」

「どうした？」

「その浪人さん、失敗《しくじっ》たらしい」

「なんだと……」

清右衛門の眼の色が変っていた。

「ほんとうか、そいつは……？」

「ほんとうだとも、兄さん」

## 雨夜の陰謀

一

五名《ごみよう》の清右衛門《せいえもん》は長助の顔を見つめたまま、しばらくは声がなかった。

この、御用聞きの弟が、

(なにをいい出すことか……)

であった。

弟の長助が、芝の元締・治助へもちこんだ〔殺し〕を、治助が、さらに、羽沢の嘉《か》兵衛《へえ》へ依頼をした。

その嘉兵衛のもとに「若い浪人で、めっぽう腕のきいた男がいた……」ということになると、その男は、

(山崎小五郎にちげえねえ)

ことになるではないか。

しかも……。

「その浪人さん、殺しに失敗《しくじつ》たらしい」

と、長助がいうのである。

殺しに失敗した小五郎が、芝の治助と羽沢の嘉兵衛の二人を殺し、その口を封じてしまえば、失敗もとがめられない。

また、おそらく手つけにもらった大金も、ふところへ入れたままですむ。

(こ、こいつは……?)

清右衛門の胸は、さわいできた。

山崎小五郎に対しては、今朝方から何となく割り切れないものを感じていた清右衛門だ。

三日ほど前に、芝の治助が訪ねて来て、

「うちの元締と山崎先生と、三人きりで、何やら密談《はなし》をしていなすった……」

ときき、清右衛門は一応、小五郎の当夜の様子をさぐってみたのであった。

だが。

女中のお千が、夜おそく帰ってきた小五郎を勝手口の戸を開けて迎え入れたというし、小五郎自体の態度にも、動揺の色がまったくなかった。

強いていえば、

(あまりにも、落ちつきすぎている……)

ことが、五名の清右衛門の、老いてはいるがするどく研ぎすまされた神経の端へ引っかからぬでもなかった。

それも、忘れかけようとしていた矢先に、長助が恐るべきうちあけばなしをしたことになる。

「長よ……」

押しころしたような声で呼びかけつつ、清右衛門は長助の猪口《ちょく》へ酌をしてやった。

「いけねえ、すっかり冷えちまった」

手を鳴らして女中を呼び、熱い酒をはこばせてから、
すっかり落ちついた清右衛門が、

「長助。よく、きかせてくれたな」

と、いった。

「兄《あに》さん。こいつは、他言をしてもらっちゃあ困るぜ」

「念にゃあおよばねえ。おれがことだ」

「こいつはね、兄さん。ただの殺しではねえのだ」

「ふうむ……」

「実は……」

いいさした長助が、はっとなったように口をつぐんだ。

ここまでうちあけて、あとがいえないというのは、よほどなことだろうと、清右衛門は直感した。

座敷にこもる雨音の中で、この一筋縄ではいかぬ兄弟は黙念と酒をのんでいる。

鍋《なべ》の肉は、すっかり煮つまってしまっていた。

「すまねえな、兄さん」

「なあに……」

「水臭《みずくせ》え弟だと、思いなさるだろうね」

「なあに……」

「どうも、あんまり、いいこころもちではねえらしいよ」

「長よ。そう見えるかえ」

「うむ……」

「実のところ、そのとおりだ」

と、清右衛門の眼が険《けわ》しく光った。

「長よ。おれとお前とは、ただの兄弟《きょうでえ》ではねえのだよ。表向きは日なたの道を歩いているように見えようが、一つ裏へまわったら、地獄の釜《かま》の中へ片足を突っこみながら生きて来ているのだからねえ」

「む……」

「お前なんざあ、お上の御用をつとめ、金杉橋の長助といえば、江戸の目明しの中でも顔の売れた男でいながら、人の目のつかねえところでは殺しの仕事をたのまれようという……」

「あ、兄さん……」

「おれにしたって同じことさ。だからよ、これまでに兄弟ちからを合せ、たがいに助け合いながら、ここまでやって来たのじゃあねえか、そうだろう、ちがうか。ちがうとはいわせねえぜ」

「わかった」

「よく、わかってくれた」

「いうよ。いいますよ、兄さん。知っているだけのことはぶちまけるよ」

「おれはな、長助。お前のはなしをきいたからといって、お前の城の内へ手を突っこもうというのじゃあねえ」

「そ、そいつはもう……」

「ま、ききねえ。こいつも、ここだけのはなしで、実の弟のお前だからこそいうのだが……うちはな、芝の元締のところとちがって、いろいろと事情《わけ》がある」

「なるほど、ね……」

「知ってのとおり、おれをふくめて、佐喜松、文太郎、定八という、世間では羽沢の四天王などとよばれている四人が、これからうまく、死んだ元締の縄張りを押えて行かなくてはならねえのだ。ところがこいつ、なかなかにめんどうなのだ」

「お祭ししますよ、兄さん」

「ま、おれは、もうこの年齢《とし》だ。跡目をつごうなどという気もちは毛頭ねえが、あとの三人は三人とも、なんとかひとつ、死んだ元締の後をつごうと、いまごろは三人それぞれに、策をこらしているにちげえねえ。こいつ、うまくはこばねえと、血の雨がふりかねねえのさ」

「で、兄さんのこころづもりは?」

「ま、それはあとのはなしだ。場合によっちゃあ、お前のちからを借りるかも知れねえが……」

「よござんすとも」

「それはさておき、長よ。さて、お前のはなしをきかせてもらおうじゃねえか」

「実はね、兄さん……」

二

御用聞きの長助は、

「その殺しは、筒井様の江戸屋敷にいる御納戸衆《おなんどしゅう》の奥野定之進《おくのさだのしん》というお人からたのまれたので」

と、いった。

「筒井様の、な……」

「ええ、そうなんだ、兄さん」

藤野十万五千石・筒井土岐守《ときのかみ》の江戸藩邸へ、弟が出入りをしていることを清右衛門《せいえもん》は前から知っている。

江戸の目明しが大名屋敷へ出入りするというのも、考えてみればおかしなことだが、実は、目明しばかりではない。

町奉行所の同心たちも、それぞれに大名家へ出入りをしているのだ。

幕府の役人であり、警吏でもある彼らが、公然の秘密といったかたちで、それぞれ出入りの大名屋敷をもっているのは、こういうことなのである。

江戸は、将軍おひざもとの大都会で、諸大名は、ここに藩邸をもうけ、殿さまは〔参覲《さんきん》〕といって一年おきに自分の領国から江戸へ出て来て、将軍と幕府に奉仕をする。

だから、江戸にいるときは、自分が治めている領国にいるのではなく、日本の独裁政権者である将軍の城下町で暮すことになるわけだ。ために……。

何か事件が起ったとなると、自分勝手に処置ができない。

また、大小の事件がいろいろと起りやすいのである。

藩士たちが外出をして喧嘩沙汰《けんかざた》を引き起すこともあるし、色情に迷っての事件が起ることもあり、犯罪に関係する場合もある。

こうしたとき、かねてから出入りさせておいた奉行所の同心や御用聞きに便宜《べんぎ》をはかってもらい、相談にも乗ってもらう。

同心の上役の与力が出入りをしている大名屋敷もすくなくはない。

そのかわり、大名や大身の旗本たちは、彼らにすくなからぬ金品をあたえ、いざというときにそなえておくのだ。

けれども、与力・同心となると、いかになんでも幕府の役人であるから、

(うかつなことはたのめぬ)

のであって、彼らにたのみにくい、小さくともあつかいにくい事件が起ると、出入りの御用聞きを呼び、そっと処理してもらうことが多い。

それにしても、大名の家来が出入りの御用聞きに、

〔殺し〕

をたのむ、なぞとは、悪の道の表も裏も知りつくしている五名《ごみょう》の清右衛門が、はじめて耳にすることであった。

筒井藩の江戸づめの納戸役《なんどやく》・奥野定之進《さだのしん》は、江戸家老・筒井主膳重矩《しゅぜんしげのり》の腹心であるそうな。

筒井主膳は、その姓が〔殿さま〕の土岐守と同じなのを見てもわかるように、殿さまの一族である。

筒井家の家臣の中で最高の地位についているものは、国家老の堀井又左衛門《またざえもん》で、その次が筒井主膳だ。

堀井家老は、北国の国もとにいるが筒井家老は江戸屋敷を一手にたばね、殿さまの土岐守からも非常な寵愛《ちょうあい》をうけている。

「筒井主膳さまはね、兄さん。色白の、でっぷりと肥《ふと》った、それはもう実に愛嬌《あいきょう》のある、やさしいお顔だちでね」

と、いつか長助が清右衛門に語ったことがある。

その筒井長老の片腕なぞとうわさをされている奥野定之進が、長助を浅草橋近くの船宿〔よしのや〕へまねき、

「お前を見こんで、たのみがある」

と、いった。

そのたのみが、殺しの一件であった。

これまでに長助は、奥野定之進を通じ、筒井家老のために、いろいろと〔御用〕を

つとめてきていたが、それはいつも、女好きの筒井主膳のために特殊な〔遊び場所〕へ案内するとか、筒井家の下士が江戸市中で喧嘩をし、人を殺傷したのを内密に始末するとか……およそ、そうしたことが多かったのだが、それだけにまた長助が、奥野や筒井家老から〔弱味〕をにぎられていることも事実だ。

だが、奥野を通じて長助へわたされる〔手当〕はなまなかな金額ではない。それは長助にとって断ち切りがたいものといってよい。

「殺しを……」

長助は緊張をした。

「どうだ、やってくれるか。引きうけてくれるな。お前には決して迷惑はかからぬ」

「へ……」

「ただし、仕損じてはならぬ。これだけは屹度《きっと》こころえておいてくれ」

「ですが、奥野さま……」

「ここに、三百両ある」

小判で三百両。

ずばりと目の前へ出されたときには、さすがの長助も瞠目《どうもく》したものだ。

「これで、いいようにはからってもらいたい」

つまり、殺しが成功するのなら、長助がいくら頭をはねてもかまわぬ、と、奥野はいっているのだ。

長助は、誘惑に勝てなかった。

また、成功させる自信はじゅうぶんにあった。

芝の治助にたのんでも、兄の清右衛門にたのんでも、こうしたことの失敗をしたことのない連中なのだ。

彼は承知をした。

奥野定之進は、

「これこれの日の、これこれの時刻に、これこれの場所を通る駕籠《かご》の中の人をかまわず殺害してもらいたい。中のものが男であろうと女であろうと、老人、子供であろうとかまわぬ。ともかく、駕籠の中のものを殺してくれればよい。ただし、武士が四人、駕籠をまもっているはずだ」

と、いった。

(これは、よほどに腕のたつ男《の》をたのまなくてはならねえ)

と、長助は熟考の末に、兄へ相談をかけることをやめ、芝の治助へ、この仕事をもちこんだのであった。

「ほれ、兄さん。前に、羽沢の元締のところにいなすった竹内平馬《へいま》先生ね。あの先生がいなすったら、このはなしはうってつけだとおもったのだ」

「竹内先生は、うちの元締が、一時、上方の高津《こうづ》の元締のところへあずけなすったのだ」
「ですからさ、平馬先生がいねえのじゃあ、こいつ、兄さんのところへもちこむより、
いっそ芝の元締へと、こうおもったのだ。ところが、その芝の元締が羽沢へたのみに
行きなすった。それなら最初から私が兄さんへもちこめばよかったのだ」
「そうだとしても、結局、山崎小五郎へ仕事をたのむことになったろうよ」
「なるほど」
「だが、そうなっていたら、芝の元締は殺されずにすんだ。おれが小五郎を臭えとに
らんだのも、二人の元締が同じ夜に、同じ手口で殺されたからだものな」
「ふうむ……」
「ときに、小五郎がしくじったというのは？」
「その駕籠の中の人が、ぶじにもどって来たそうだ。奥野さまがまっ青になって私を
よびつけ、いま一度、機会《おり》をつくる。そのときにしくじったら、長助お前のいのちは
ないものとおもえ、と、いわれましたよ」
「そうかえ……」
「兄さんはやっぱり、山崎小五郎の仕わざだとおもいなさるかい？」
「うむ」

きっぱりと、五名の清右衛門がうなずき、

「長よ。こいつは、お前にも相談にのってもらわざあなるめえ。ま、ゆっくりと腰を落ちつけてくんねえ」

と、いった。

雨音が、急に強くなりはじめた。

三

はなしを、すこし前へもどそう。

五名《ごみよう》の清右衛《せいえ》門《もん》が、両国の〔河半〕を出て、いま、弟の長助と酒をくみかわしている本所二ツ目の豚鍋《なべ》屋〔米伝《よねでん》〕の二階座敷へ入ったころに、〔河半〕の離れでは、山崎小五郎が夕飯をすましている。

離れの西側の裏庭に面した障子を開け、小五郎が爪楊子《つまようじ》を嚙《か》みながら、

「よく、ふりゃあがる……」

つぶやいていたときであった。

雨にけむる裏庭の植込みの蔭《かげ》から、墨がにじむように浮き出した人影がある。

小五郎も、ときがときだけにはっとした。

「だれだ?」

すぐに身を返して、座敷の中の刀をつかもうとする姿勢となった小五郎へ、

「私でございますよ」

傘もささずに近寄って来たのは、羽沢の嘉兵衛《かへえ》の〔四天王〕の一人、日野の佐喜松なのである。

「なんだ、佐喜松さんか……」

「山崎先生……」

「どうしたのだ、そんなところから……ま、中へ入りなさい」

「いや、入らねえほうがようござんす」

「なに……?」

「先生のほうから、ちょいと出て来て下さいまし」

佐喜松の両眼が、ぎょろりと闇《やみ》の中で光った。

四十男の日野の佐喜松は、異名を、

〔蟇《がま》〕

と、いう。

ずんぐりとした体軀《たいく》といい、青ぐろい痘痕面《あばたづら》といい、彼のグロテスクな風貌《ふうぼう》をあらわすにはまことに適切な異名といえよう。

〔河半〕の女中たちは、蔭へまわると、佐喜松のことを、

「蟇ちゃん蟇ちゃん」

などと親しげによんでいる。

それというのも佐喜松は、〔河半〕の女たちに、かなり〔人気〕があるからだ。

死んだ、羽沢の嘉兵衛は、

「佐喜松は、あたまが切れすぎる。おれの跡つぎにするのは考えものだ」

なぞといっていたけれども、妾《めかけ》のおもんは、

（佐喜松さんが元締のあとをついでくれるなら、こんなに安心なことはないとおもうけれどねえ……）

かねがね、そうおもっていたほどであった。

長老格の五名の清右衛門は別にしても、他の〔四天王〕である青笹《あおざさ》の文太郎、桑野の定八の二人は、年も若いだけに〔河半〕の女中たちなどへ目もくれない。

そこへ行くと日野の佐喜松は、女中たちのあいさつをうけても、

「おや今晩は……お前さん、今夜はばかにきれいじゃねえか。一体どうしたのだ、好《い》い男《の》ができると女というもなあ、こうも変るものかね」

すかさず、うまいことがいえる男なのである。

「いつも世話をかけるから……」

というので、女中たちへの〔こころづけ〕を絶やしたことがない。

こういう男だけに、両国一帯の盛り場の束ねは、いまのところ佐喜松が元締の代行というかたちで、いっさいを取りしきっているのだ。

多勢の香具師《やし》たちの評判も、

「ものわかりがいいお人だ」

と、すこぶる評判がよろしい。

だから、いざ、羽沢の嘉兵衛が死んだということになれば、だれもが、

「つぎの元締は、佐喜松さんにきまっている」

とおもうにちがいない。

しかし、長老格の清右衛門は、死んだ元締と同様に、

（佐喜松には跡目をやれねえ）

と、考えている。

いかに人気があっても、羽沢一家の長老である清右衛門の意見を無視するわけには行かない。

死んだ芝の治助をはじめ、江戸市中の、どこの香具師の元締でも、そのことをじゅうぶんにわきまえているし、

〔羽沢一家の清右衛門〕

といえば、仲間内で知らぬものはないほどの男なのだ。

「先生……」

と、日野の佐喜松が、山崎小五郎へあわただしく、

「藤堂様の東側の塀《へい》外に駕籠《かご》を待たせてあります。そいつへ乗って下せえ。たのみましたぜ。こいつは、先生にとっても、決して悪いことじゃあございませんよ」

いうや、あっという間に植込みの中へ走り去った。

小五郎は縁先へ立ちつくしたままであった。

(いったい、なんのことか……)

よくは、わからぬ。

わからぬけれども、なんとなく、わかるような気もしないではない。

では、それがどういうことか……と、きかれれば、はっきりとしたこたえは出ない。

出ないが、何やら感覚的にわかるような気がしてきたのである。

刀をつかんで、小五郎が廊下へ出ると、女中のお千がこれを見て、

「あら、先生……」

「雨で気がくさくさする。ちょいと他《ほか》でのんで来る」

「それなら、いま、お酒を……」

「なに、かまってくれるな。お千、夜ふけて、お前が離れへ忍んでくるころまでには、きっと帰ってくる」

「きっとですよ」

「わかっているとも」

四

〔河半〕を出た山崎小五郎は、着ながしに蛇ノ目傘をさし、小泉町と横網町の間の道を西へすすむ。

道の突当りに、伊勢《いせ》・津三十二万三千石・藤堂和泉守《いずみのかみ》の下屋敷の土塀が見えた。

土塀に沿って右へ曲がると、そこが、佐喜松のいった場所であった。

左側が藤堂邸の土塀。右側が横網町の町屋だが、雨夜のことで人影もあまりない。

まさに駕籠《かご》が一つ、土塀の下にとまっていた。

小五郎が近づくと、

「山崎先生で？」

駕籠へつきそっていた男が、間髪を入れずに声をかけてきた。

「そうだ」

と、小五郎。

「さ、お乗りなすって……」

「うむ」

駕籠は小五郎を乗せると、すぐに走り出した。

だれの目にも、ふれてはいない。

(どこへ、つれて行くのか……?)

駕籠につきそっている男は、小五郎が見たことのない男であった。

もっとも小五郎は、羽沢の嘉兵衛《かへえ》の世話になってからも、めったに〔河半〕から出たことはないので、羽沢一家の男たちについては、

(知らぬものが多い)

のである。

左側の駕籠のたれの隙間《すきま》からのぞくと、大川(隅田川)が見えた。

大川沿いの道を、駕籠は北へすすんでいるのだ。

御竹蔵をすぎ、石原町をすぎ、駕籠が向嶋《むこうじま》へ入った。

小五郎は、日野の佐喜松が自分の犯行に気づき、どこかへさそい出して殺そうとしている、などとはおもっていない。

(もっと別のことだ)

と、感じていた。

(佐喜松は、なにか、おれにたのみごとがあるにちがいない)

これであった。

では、その〔たのみごと〕とは何か……?

しばらくして……。

駕籠がとまった。

「先生。着きましてござんす」

出て見ると、そこはもう道ではなかった。

河岸道《かしみち》をまっすぐ北へ向っていた駕籠が、右手へ切れこみ、やがて、くねくねと何度も曲がったあげくにおろされたのだが、すでに大きな屋敷の中へ入っていたものである。

いや、屋敷ではない。

ここは、寺島村にある〔諏訪《すわ》明神〕の社《やしろ》の横道を東へ入ったところにある〔大村〕という料亭だったのである。

このあたりは、もう江戸の郊外といってよいし、周辺は田園地帯で、その中に風雅なつくりの料亭が、こんもりとした木立と竹藪《たけやぶ》にかこまれて在った。

料亭〔大村〕は、大身の武家方の宴がおこなわれるほどの格式のたかい店であった。

駕籠は〔大村〕裏庭の一角におろされていた。

小五郎の目の前に、わら屋根の〔離れ屋〕の入口が見える。

「さ、こちらへ」

「待て」

「へ……」

「日野の佐喜松さんは？」

「中でお待ちかねでござんす」

「ふむ、早いことだな」

案内の男にみちびかれ、小五郎は〔離れ屋〕の中へ入った。

この〔離れ屋〕は、

（数人の男たちに囲まれているな……）

と、小五郎はおもった。

離れ屋のまわりの闇《やみ》の中の気配を、小五郎は見のがしていない。

（用心をするに、こしたことはない）

離れ屋へ入るとき、腰から外した大刀の鯉口《こいぐち》を、小五郎はすヽ早く切っておいた。

「さ、こちらでござんす」

戸障子を開けた男のうしろから、小五郎は離れの〔次の間〕へ足をふみ入れた。

本座敷との境の襖《ふすま》を開けて、中から日野の佐喜松が顔を出した。

「や、先生。わざわざどうも……」

「早いな」

「おそれいります」

本座敷の、あかるい灯の下に、もう一人の男がいた。

中肉中背の、品のよい顔だちの三十男で、身なりからおして、どこかの大店《おおだな》の主人《あるじ》に見えた。

「これは、わざわざ雨の中をおはこび下さいまして……」

その男が両手をつき、ていねいにあたまを下げる。

どう見ても、日野の佐喜松と同席するような人物ではない。

案内の男は次の間へ残り、しずかに襖をしめた。

「さ、こちらへ」

男が、小五郎を床の間を背にした席へすわらせると、先刻〔河半〕の裏庭へ忍びこんで来たときとは、まるでちがう身なりになっている佐喜松が、

「先生。こちらは、白金《しろがね》の元締でございますよ」

と、男を小五郎へひきあわせた。

(これが……?)

さすがの小五郎も、瞠目《どうもく》せざるを得なかった。

五

白金の元締――すなわち、
〔白金《しろがね》の徳蔵《とくぞう》〕
は、芝・白金の外れに住んでいる香具師《やし》の元締である。

芝一帯の縄張りは、例の芝の治助のものであるから、徳蔵は目黒から渋谷《しぶや》にかけて……つまり江戸南郊一帯を、その〔縄張り〕としている元締であった。郊外といっても、目黒不動尊をはじめ、著名な寺社があり、それに附随する盛り場を舞台とする香具師や、茶店、料理屋なぞも、すべて徳蔵の支配下にある、といわれているほどだ。

芝の治助なぞも、まだ四十に間もある白金の徳蔵には、いちもく置いていたらしい。

徳蔵は三代目で、なんと十七歳のときに、父親・徳之助の跡目をついだ。その若さで、亡父の大きな縄張りを切ってまわし、すこしのぼろも出さなかったというから、同じ切れものでも日野の佐喜松とは大分にスケールがちがう。

山崎小五郎も、白金の徳蔵の名はよく耳にしていた。

「そりゃもう、いざとなると、剃刀《かみそり》みてえな切れ味を見せる男ですよ」

と、羽沢の嘉兵衛《かへえ》が、小五郎にもらしたこともある。

だが、はじめて徳蔵を見た小五郎は、

(こいつ、剃刀どころではない)

と、おもった。

どう見ても、香具師の元締には見えないのだ。

何代もつづいた家の跡をついだ富商にしか見えない。

徳蔵の両眼には、いささかの険しい光も浮いてこなかった。

小五郎ほどの男になると、相手が、いかに正体をかくそうとしても、その眼の色を見れば、

（こいつ、どのような男か……）

が、たちまち直感される。

しかし、白金の徳蔵は、この夜かなり長い間、小五郎と語り合っているうち、ただの一度も、やさしい、おだやかな眼の色を変えず、口調も態度も変えなかった。

〔大村〕の女中は、あらわれなかった。

酒の燗《かん》は、佐喜松が自分でやった。

「ところで……」

小五郎が、ちらと佐喜松を見やった視線を徳蔵へうつし、

「私に用があるというのは、どうやら、佐喜松さんではなく、お前さんらしい」

といった。

白金の徳蔵の顔へ、微笑が波紋のようにひろがっていった。

「はい。そのとおりでございますが、もともとは、この佐喜松さんのために、おたのみをするのでございますよ」

「佐喜松さんのため？」

「はい」

やはり、な……と、小五郎はおもった。

予感が、あたりそうなのである。

「佐喜松さんも、いろいろとその、身の上がむずかしくなりましてねえ」

「元締。あんたは、羽沢の元締が殺されなすったことを知っていますね」

「はい」

小五郎が佐喜松へ、

「お前さんが、はなしたのか」

「はなしました」

きっぱりと、佐喜松がうなずいた。

「なるほど」

小五郎が深くうなずき、すこし上眼《うわめ》づかいになって芝の徳蔵を見やり、

「私に、だれを殺せ、というのですね？」

と、いった。

「さすがに山崎先生だ。よく、わかって下さいましたね」

「元締」

「はい」

「お前さんは、この佐喜松さんの後楯《うしろだて》になりなさるおつもりですね」

「はい」

「そして、佐喜松さんの邪魔になる男に、あの世へ行ってもらうという……」

「さようでございますよ、先生」

「相手は、三人か？」

「いいえ」

「では二人……」

「いいえ」

「一人で、いいのですね」

「はい」

うなずいた白金の徳蔵が、

「先生に殺《や》っていただきたい相手……その一人の相手というのが、だれか、おわかりになりますか？」

「む……わからぬでもない」

「それなら、はなしのすすめようも早いというわけでございますな」

小五郎は、だまっていた。

「山崎先生」

「む……？」

「その相手の名前を口に出す前に、ひとつ、申しあげておきたいことがございます」

「なんですね？」

「お礼のことでございますよ」

「なるほど」

「先生が引きうけて下さるなら、二百両、お出しいたしますが、いかがでございましょう？」

二百両、大金である。

これまでに小五郎は人ひとり殺《あや》めて、これほどの礼金をもらったことがない。

あの杉山弥兵衛《やへえ》だとて、

（ないはずだ）

なのである。

二百両の金というと、たとえば、江戸の町に住む庶民の暮しなら二十年近く遊んで暮せる金額であった。

沈黙している山崎小五郎の目の前へ、白くて華奢《きゃしゃ》な徳蔵の手が、小判で百両の〔半金〕をゆっくりと置いた。

(二百両か……引きうけてもいいな)

小五郎の両眼が、針のように細くなってきた。

「元締。いまひとつ、きいておきたいことがある」

「はい、はい」

「この殺しをしたのちも、私は江戸にいてよいかな。いや、むろん、だれにも知られずにやってのけるが……」

「かまいませぬとも……」

「そうか……」

「人知れずに、この仕事を仕終《しお》せて下さいましたら、先生のお身柄は、この徳蔵がおひきうけいたします。いえもう、はじめからそのつもりでいるのでございますよ」

「そうか……そうだったのか」

「で、いかがでございましょう?」

「引きうけましょうよ」

「ありがとうございます。これ佐喜松さん。お前さんも、よっく先生へお礼を申しあげなさい」

佐喜松が興奮を押えきれなくなった声で、

「先生。このとおりだ。かたじけのうございます」

いったが、血走った眼を徳蔵へ向け、

「ですが、元締。かんじんの相手の名を、まだ先生に申しあげてはおりません」

「なあに、先生は、よく御存知さ」

「え……」

「ねえ、山崎先生」

「およそわかったが……しかしまあ、念を入れておきましょうか」

「そうしていただけますなら、何よりのことで」

「私が殺《や》る相手は、五名《ごみょう》の清《せい》右衛《え》門《もん》」

「あっ」と、おどろいたのは日野の佐喜松のほうで、白金の徳蔵は身じろぎもせず、

「当りましてございます」

にっこりとした。

「先生。ですが、よく、おわかりに……」

まだ呆気《あっけ》にとられている佐喜松へ、小五郎がいった。

「羽沢の嘉兵衛が死んだのちの縄張り争い。こいつを考えてみれば、お前さんにとって、いちばん邪魔なのは清右衛門だろうが……」

五名の清右衛門なら、

(殺《や》って殺り甲斐《がい》がある)

と、小五郎はおもった。

羽沢の元締を殺した自分を、たとえ一時にもせよ、うたぐったのは五名の清右衛門ただ一人であった。

さいわいに、女中のお千がうその証言をしてくれたので、その疑惑もとけたけれども、いつなんどき、

(あの狸爺《たぬきじじ》いは、おれに目をつけるか知れたものではねえ)

と、小五郎は警戒している。

(このさい、いち早く清右衛門を片づけてしまうのは、おれにとってものぞむところだ)

であった。

(しかも、二百両という大金をもらってのことだ。こいつは、おもしろくなってきた)

小五郎のうすい唇に、笑いがただよった。

清右衛門を始末したのち、白金の徳蔵が自分を引きとってくれるというのも、気に入った。

小五郎は、いましばらく江戸をはなれたくない。杉山弥兵衛を討った竹内平馬《へいま》を斬《き》って、弥兵衛のかたき討ちをするまでは、江戸をはなれたくない。

竹内平馬は、かならず江戸へもどって来る。

羽沢の嘉兵衛が死んだとも知らず、

（きっと、嘉兵衛をたよって、江戸にあらわれるにちがいない）

のである。

「では、たしかに……」

山崎小五郎は、百両の小判をふくさに包み、ふところへ入れた。

六

白金の徳蔵が、日野の佐喜松の〔後楯《うしろだて》〕となり、これだけの大仕事をしようと決意したのは、羽沢の〔縄張り〕に目をつけているからである。

清右衛門《せいえもん》を暗殺し、佐喜松を〔羽沢の元締〕にして、自分がその後見となる。

そして、羽沢の縄張りが生む利益の半分は、徳蔵のふところへころげこむことになるだろう。

もっとも、

（あの徳蔵にかかっては、佐喜松も蛇に見こまれた蛙《かえる》のようなものだ。いまはよろこ

んでいるが、そのうちに、縄張りのすべてを徳蔵にうばわれてしまうやも知れぬ、な)

と、山崎小五郎は考えている。

(どっちにしても、そんなことは、おれの知ったことではねえ)

小五郎が〔河半〕へもどったころ。本所二ツ目の〔米伝《よねでん》〕では、まだ、清右衛門と長助が密談をかわしている。

さすがの清右衛門も、自分が弟とこうしている間に、小五郎が〔河半〕を出て、自分のいのちをうばう陰謀に加わっていようとは、夢にもおもっていなかった。

また小五郎にしても……。

御用聞きの長助の口から清右衛門へ、自分の殺しの失敗が告げられていようとは、考えてもみない。

数多い〔羽沢一家〕のものたちの中で、清右衛門と長助が実の兄弟であることを知っていたのは、元締の嘉兵衛《かへえ》だけであった。

嘉兵衛は、このことを妾《めかけ》のおもんにすら洩《も》らしてはいなかった。

〔河半〕へ帰った小五郎が、待ちかねていたお千を離れへ引きこんだころに、清右衛門と長助はようやく〔米伝〕から出た。

雨が、いつの間にかやんでいる。

「じゃあ、兄《あに》さん」

「お。それじゃあ、たのんだぜ」

「大丈夫だ、安心していて下せえ」

いっしょに二ツ目橋まで来て、二人は、そこで別れた。

まっすぐに両国橋へ向う弟を見送ってから、清右衛門は右手の道へ切れこんだ。

(こうなったら、山崎小五郎から目をはなせねえ。女中をたたき起し、泊まることにしよう)

と、おもいたったのである。

阿部川《あべかわ》町の小さな家には、品川の女郎あがりの古女房が三匹の猫と共に清右衛門を待っているはずだが、稼業柄《かぎょうがら》、家をあけることなぞめずらしくない清右衛門のことだから、別に心配をしてはいまい。

(それにしても……)

ひっそりと、雨あがりの道を提灯《ちょうちん》で照らして歩をはこびつつ、清右衛門は弟がたのまれた〔殺し〕のことを考えてみた。

筒井家の納戸役《なんどやく》・奥野定之進《さだのしん》は、その殺そうとした駕籠《かご》の中の人物の名をあかしてはいないが、

「およその見当はつきまさ」

と、長助はいった。

長助が感づいていることは、筒井家十万五千石の内紛《ないふん》についてであった。

「いえね、兄さん。その、殿さまの土岐守《ときのかみ》さまには奥方さまとの間に、れっきとした跡つぎの亀次郎《かめじろう》さまというものがおあんなさるので……。

ところが、お国もとには、おさめの方という側妾《そばめ》がいましてね。これがまた大変な美しさだという……ええ、そのおそばめが、跡つぎの若様と一つちがいの精之助《せいのすけ》さまというのをお生みなすった。お二人とも、十二、三というところだろうね。そうそう、そうなんだ。兄さんの目は、さすがにするどいね。

殿さまは、いまはもう、おさめの方に夢中なんだとか、きいていますよ」

「すると、何だね、おさめの方てえのが、自分の生んだ子に十万五千石の跡目をとらせたいという……」

「どうも、そうらしい」

「すると何か、そのお駕籠の中の人というのは、もしや……？」

「まさか、とはおもうがねえ」

「跡つぎの亀次郎さま」

「兄さん、すこし声が高いね」

「む……」

「それがね、兄さん。江戸家老の筒井主膳《しゅぜん》さまというのは、おそばめのおさめの方さまを殿さまに世話をなすったお人で、だからその、奥方さまには大変にきらわれているらしいのさ」

「ふうむ……」

殿さまの正夫人にきらわれていても、筒井家老の勢力がおとろえるものではないのだ。

いまの筒井家の江戸藩邸は、筒井主膳の威望の下にすべてが運営されているといっても過言ではない。

この正月がすぎたころに……。

奥方は、筒井家老のいる上屋敷に住み暮すのが、

「厭《いと》わしゅうてならぬ」

と、いい出し、跡つぎの亀次郎と気に入りの家来・女中たちをつれて、赤坂の藩邸から四谷《よつや》の下屋敷（別邸）へ引き移った。

名目は（病気療養）のため、ということになっているが、

「そのへんが、どうも臭いのでね」

と、長助はいっていた。

折しも、殿さまの土岐守は北国の国もとへ帰っている。

まさか、とはおもうが、筒井主膳の密命によって、跡つぎの亀次郎殺害の陰謀がおこなわれたとも、

「考えられねえことじゃあねえ、と、おもうのだよ、兄さん」

「なるほど。跡目相続のもめごとは、大名もおれたちも、おなじことだな」

清右衛門は苦笑した。

弟の長助には、

「いま一度、機会《おり》をあたえる」

と、奥野定之進はいったそうな。

その機会が来るまでに、

(なんとしても……うまいこと、山崎小五郎の息の根をとめてしまわなくてはいけねえ)

と、清右衛門は決意している。

そうなれば弟も、奥野へ、

「殺しをしくじった男は始末してしまいました」

はっきりと、いいきれる。

その上で、

(おれが長助に手を貸し、あらためて奥野定之進さまの相談にのってもいい)

と、清右衛門は思案しているのであった。

清右衛門は〔河半〕の勝手口へ通ずる小道を曲がりかけて、

(おや……?)

暗い闇《やみ》の中から近寄って来た人影を見て、立ちどまった。

向うも立ちどまった。

雨合羽《あまがっぱ》に笠《かさ》をかぶった旅姿のさむらいである。

「もし……」

声をかけて、一歩二歩とすすみ出た清右衛門に、さむらいが、

「なんだ、五名《ごみょう》の爺《とっ》つぁんではねえか」

声をかけてきたものだ。

「あ……やっぱり……」

清右衛門が飛びつくように、その旅のさむらいへ駈《か》け寄った。

そしてこの夜……。

五名の清右衛門は〔河半〕の戸をたたかなかった。

# 血

## 一

五名《ごみょう》の清右衛門《せいえもん》が〔河半〕へあらわれたのは、翌日の午後になってからである。

この日、雨はあがっている。

この三日つづきの冷雨がやむと、江戸の空が急に春めいてきた。

うす青く、おもたげに、初々《ういうい》しく晴れわたった空の色と、強くはないがおだやかな、あたたかい陽の光にさそわれ、江戸の人びとは、それぞれに寺社の参詣《さんけい》へ出かけて行くことであろう。著名な寺社の周辺には、かならず盛り場があり、行楽の体制《かたち》がととのっている。

そのころの人びとの寺社への参詣は、信仰と行楽が溶け合っていたのである。

したがって……。

それぞれの盛り場を〔縄張り〕にもつ香具師《やし》の元締にとっては、あたたかい日和《ひより》がかき入れどきになるということなのだ。

ところで……。

〔河半〕へあらわれた清右衛門は、おもんに、

「元締が亡《な》くなったことを、この上、かくしておくわけにはめえりますめえ」

と、いった。

おもんも、同感である。

奥の間に横たわっている羽沢の嘉兵衛《かへえ》の死体は、わずかながら異臭をはなちはじめていた。

密葬をすませてのち、嘉兵衛の死を発表することも考えられるけれども、稼業柄《かぎょう》、多勢のものが葬式へあらわれるだろうし、そのときになって、嘉兵衛の死体が骨になっていたり、すでに土中に埋めこまれていたりしたら、

「どうも、今度の羽沢の元締が死になすったのは、妙だぜ」

と、たちまちにうわさがひろまってしまうことであろう。

「けれど、清右衛門さん」

と、おもんが眉《まゆ》をよせて、

「あとのことは、大丈夫なのだろうね？」

「跡目のことでござんすかえ？」

「ええ……」

「ま、おかみさん。こいつは私にまかせておいて下せえ。それとも、おかみさんに意

見がおあんなさるのなら、いまのうちに、しっかりとうけたまわっておきましょうかね」

「いいえ、清右衛門さん。お前さんも知ってのとおり、私はもう、稼業のことにはくちばしを入れるつもりはない。元締も生前、このことについちゃあ、くどいほど私へ念を入れていなすったし、私もまた毛頭、そのつもりはありゃあしません。この〔河半〕の店をなんとかこのままつづけて行けりゃあ、私は、もう、何もいうことはありませんのさ」

「よく、わかりましたよ」

そのとき、おもんは、何かいいたそうにした。

いいかけて、口をつぐんだ。

清右衛門は、おもんが何をいいたかったか、よくわかっている。

人あたりがよくて、この〔河半〕の女たちにも人気がある日野の佐喜松に、

（元締の跡目をついでもらったら……）

と、おもんがひそかに考えているにちがいない。

けれども、佐喜松については、羽沢の嘉兵衛が生前に、

「あたまは切れるが、跡目をつがすには物足りねえ」

と、おもんにも洩《も》らしている。それだけにおもんは、強いていい出しかねたのであ

ろうし、また、よくよく考えてみれば、羽沢の〔縄張り〕に何のみれんもないおもんなのだから、どうでもよいことなのだ。

　とにかく、跡目のことは、すべて、

(五名の清右衛門さんに、まかせておけばいいことなのだ)

であった。

　それが、死んだ元締の遺志でもある。

　そのとき、女中が酒肴《しゅこう》の仕度をしてあらわれた。

「ま、清右衛門さん。ひとつ……」

酒をすすめるおもんへ、

「ちょいと、待っておくんなせえ」

と、清右衛門がいい、女中が出て行ったあとで、かたちをあらためた。

「ねえ、おかみさん」

「え……?」

「あらたまっていうのも何だが……それにね、このことは、しばらくだまっていてもらいてえのですがね」

「なんです、清右衛門さん」

「実は、昨夜、あっしの肚《はら》が決まりましたので」

「それじゃあ、跡目のことが……？」

「ええ」

うなずいた清右衛門の眼が微《かす》かに光を帯びて、

「決まりましたよ」

「で、だれを……？」

「あっしに、つがせていただこうと、こうおもいましてね」

「まあ……」

おもんはおどろいた。

清右衛門が、みずから羽沢一家の〔隠居〕をもって任じていたことは、だれ知らぬものはなかったからである。

「お前さんが……」

こういって、あとのことばがつづかなかったおもんであるけれど、しかし、そのおどろきの表情の中には、まさしく安堵《あんど》のおもいがにじみ出してきていた。

「そう……決心をしておくんなすった……」

「ええ。年甲斐《としがい》もねえことでござんすが……おかみさんもご存じのように、ちょいとこいつ、すぐには決めかねることもあって……」

「もっともですよ、ほんとうに、ね」

「いずれは、佐喜松、文太郎、定八のうち、だれかに跡目をつがせなくちゃあなりますめえが、だからといって、いますぐに、と……こいつは少々むずかしいので」

「ええ、ええ、そうだろうとも」

「かといって、いつまでも元締が亡くなったことをかくしておけねえ」

「ほんとにねえ」

「ですから、まあ、ここはあっしが一応、跡目にすわらせてもらい、あたりがしずかになってから、ゆっくりと考えて見てえ……こうおもったので」

「けっこうだ。ほんとにそれなら、けっこうですよ」

「ま、口はばってえようだが、あっしが跡目へすわるのなら、どこからも横槍《よこやり》は出ますまい。もう片足を棺桶《かんおけ》へ突っこんでいるあっしだが、一年や二年なら何とかもちこたえても行けようから、その間に、うまく事をはこび、つぎの人へゆずりわたしてえので」

「よくわかりました。よくまあ、そこまで決心をしておくんなすった。元締も……」

と、おもんは襖《ふすま》をへだてた奥の間にねむっている嘉兵衛をおがむかたちをして、

「元締も、さぞ、よろこんでいなさるでしょうよ」

泪《なみだ》ぐんでいったものだ。

そこへ、日野の佐喜松・青笹《あおざさ》の文太郎・桑野の定八の三人があらわれた。これで羽

沢の〔四天王〕の顔がそろったことになる。清右衛門はあらかじめ時をはかり、三人を〔河半〕へ呼びよせたのである。

元締の死を、諸方へ知らせるように手はずをしてくれ、と、清右衛門がいい出すと、三人とも緊張をした。

(だれが跡目に？)

そのおもいが烈《はげ》しい競争心をあおりたてているだけに、口には出さぬが、このときの三人の眼の色のすさまじさに、おもんは総毛立った。

「跡目は、この清右衛門がつがせてもらうよ」

と、清右衛門がしずかにいったとき、三人が、げっそりとなった。

失望をした、というのではない。

張りつめていた緊張が一度にゆるんだからであった。

三人とも、清右衛門が野心と権力によって跡目をつごうとしているのではないことを、よくわきまえている。

三人の競争は、今後に残されたのである。

そうとわかるや、三人とも、うって変ったように清右衛門へ笑いかけ、口を合せたごとく、

「そいつは、何よりのことでござんす。こんな目出度《めでて》えことはねえ」

といった。

もっとも、日野の佐喜松の胸中には、また別のおもいが秘められていたはずだ。

〔河半〕は、このときから目まぐるしい混雑の中に巻きこまれた。

身内のもの多勢が呼びあつめられ、四方八方へ飛ぶ。嘉兵衛の式の準備がたちまちにととのえられる。料理場は、通夜《つや》の席へ出す料理の仕度で火事場のようなさわぎとなった。

もちろん、羽沢の嘉兵衛の死は急病のため、ということになっていた。

さいわい嘉兵衛は、棍棒《こんぼう》でなぐりつけられ、絞殺《こうさつ》されている。顔に傷の痕《あと》ものこっていないし、いまはもう、実におだやかな死相に変っていた。

清右衛門は一歩も〔河半〕を出ずに、つぎからつぎへと指図を下していたが、夕暮れも間近くなってから、ひょっくりと、山崎小五郎のいる〔離れ〕へ顔を見せた。

二

そのとき小五郎は、湯からあがってきたところで、女中のお千に手つだわせ、着替えをしていた。

廊下を音もなくたどって来た清右衛門《せいえもん》が、離れへ入ったとたんに、二人を見た。

立って背を向けている小五郎へ、着物を着せかけながら、お千がたまりかねたように男の背中へ顔をすりつけるのを、清右衛門は見た。

清右衛門は、さっと身を引き、離れの外の廊下へ出た。

中の二人は、まったくこれに気づかなかった。

いつもの山崎小五郎に似合わぬことであったが、女とふざけ散らしていただけに、勘ばたらきも鈍《にぶ》っていたものか。

それにまた、五名《ごみよう》の清右衛門の身のこなしは猫のように軽く、す早かったのである。

（そうか、これで読めた）

廊下を引き返しつつ、清右衛門は舌うちをもらした。

（そうか、お千の女《あま》が、な……）

うっかりとしていた。

お千が小五郎に抱かれていることは、いまの〔河半〕で、だれ知らぬものはいない。

羽沢の嘉兵衛《かへえ》が殺された夜、小五郎が〔河半〕へ帰って来たとき、勝手口の戸を開けたのは、

「お千だったそうですよ」

と、おもんが清右衛門へ告げたとき、清右衛門はむしろ、小五郎とお千の間柄を知っていただけに、

（それなら、ふしぎはねえ）

と、おもいこんでしまっていたものだ。

(お千の女《あま》め、おかみさんやおれを、まんまと騙《だま》しゃあがった)

どちらにせよ、芝と羽沢の二人の元締を殺したのは小五郎だと、昨夜の長助のはなしをきいてからの清右衛門は見きわめをつけている。

(だが、お千は、小五郎のやつが元締を殺したと知っていてかばったのか……それにしては、落ちつきすぎていやがる)

であった。

清右衛門は、また身を返して〔離れ〕へ向った。

今度は、わざと足音を強めて近づいて行った。

お千が、廊下へ出て来て、あたまを下げた。

「先生は、いなさるかえ?」

「ええ」

平然とうなずき、お千は清右衛門とすれ違って行った。

(ふてえ女《あま》だ……)

いずれは、お千も何とか始末しなくてはなるまい。

「先生。ごめんを……」

声をかけると、

「清右衛門さんか。さ、入んなさい」

何気もない小五郎の声が返ってきた。

さすがの清右衛門も、山崎小五郎が自分の暗殺を引きうけていることは考えていない。

また、その依頼主が、白金の元締・徳蔵と日野の佐喜松だとは、この老獪《ろうかい》な〔羽沢の隠居〕の思いおよばぬことだったのである。

「先生。おききおよびでもござんしょうが……もう、とても、かくしてはおけねえので、元締の葬《とむら》いを出すことにしました」

「もっともだ。お前さんも大変なことだね」

「ええ、まあ……」

すぐ目の前にすわった清右衛門は、小五郎から見ると隙《すき》だらけだ。

床ノ間の刀掛けにある大刀をとるまでもなく、手刀で相手の鼻柱を強打し、ひるむところを一気に絞殺《こうさつ》してしまえばよいのだ。

しかし、もとより、

(ここではむりだ)

と、小五郎は実行にうつすつもりはない。

いま、ここで清右衛門を殺して逃げれば、小五郎がうたがわれることは当然なので、そんな素人《しろうと》じみたまねをするはずもない。

ただ、清右衛門の挙動からおして、

（この爺《じじ》いめ、もう、おれのことをすこしもうたぐっていねえらしい）

と、小五郎には感じられたのである。

それなら、これからの仕事もやりやすいということになるではないか。

「ところでね、先生……」

「なんだね？」

「ま、これから先、どうなることかわかりませんが……」

「跡目のことか？」

「ええ、まあ……ですが、どっちにしろ、先生にはずっとここへとどまっていていただきてえので……」

「いいとも」

「元締の葬いを出してしまえば、ここのおかみさんも、あっしどもとは関係《かかわりあい》をもたねえことになります。こいつは元締が、かねがねいっていなすったことでね」

「そうだと、な」

「ですが、もしも、この〔河半〕の居《い》心地《ごこち》がよければ、いつまでもいていただきてえと、おかみさんも申していますす」

「ありがとう」

「ま、それはさておき……ねえ、先生。五名の清右衛門のおねがいをひとつ、きいていただけませんか？」

「……？」

小五郎が、じろりと清右衛門を見て、

「これか？」

と、右の人さしゆびで、人の首を切る仕ぐさをして見せた。

清右衛門が、凝《じっ》と見返してきて、ふかくうなずく。

(ほほう、こいつはおもしろくなってきた)

小五郎は腹の中の苦笑をおくびにも出さず、

「だれを、ね？」

「いま、ここでは……」

「ふむ……」

「明後日《あさって》の戌《いぬ》の五ツ(午後八時)に、深川の亀久橋《かめひさ》にある野津屋《のづや》という船宿へ来てもらい申してえ」

「野津屋だな」

「へい。そこで、ゆっくり……」

「わかった」

「では、これで」

「うむ」

「お待ちしておりやすよ、明後日」

「わかったよ」

清右衛門は、しずかに去った。

(だれを殺《や》れ、というのか……?)

どちらにせよ、清右衛門を暗殺するのには絶好の機会だと、小五郎は感じた。

おそらく清右衛門は、この殺しについてだれにも胸の内を割ってはいまい。野津屋へも一人であらわれるにちがいない。

(よし!)

小五郎は決意をした。さむらいの姿を町人のそれに変えて、野津屋へ行くことにした。そうすれば、その船宿のものたちの口からも山崎小五郎の姿が浮かびあがってはこないはずだ。

(清右衛門が、おれにたのむ殺しのねらいは、佐喜松か、それとも文太郎か、定八か……)

清右衛門が、羽沢の跡目にだれを据えるつもりか知らぬけれども、その跡目相続の邪魔になる男を殺してもらいたいのであろう、と小五郎はおもっている。

葬式がすみ、邪魔ものが消えてのちに、清右衛門は、羽沢の跡目を決定するつもりであろう。

それにしても、佐喜松たち三人のうちのだれかを殺す、というのは、すこし妙な気もする。三人とも清右衛門にくらべたら貫禄《かんろく》もちがうし、恐れるにたらぬはずであった。

(どうも、こいつ、わからなくなってきた……)

小五郎は沈思した。

女中が、夕飯の膳《ぜん》をはこんで来て、

「お千さん、いますぐ、まいりますよ」

にやにやしながら、小五郎にいった。

「いそがしそうだな」

「ほうぼうの元締さんが、今夜はみんな、お見えになりましょう」

「江戸中の、な」

「はい」

この夜の通夜《つや》は、盛大をきわめた。

稼業《かぎょう》柄とはいいながら、短い間に、よくもこれだけの仕度ができたものだと、小五郎は感心した。

翌日の葬儀は、法恩寺橋に近い〔永隆寺〕でおこなわれ、終ってから参列者一同を〔河半〕へ送りこみ、豪華な酒食の膳が出された。

山崎小五郎は、わざと葬儀に参列しなかったが〔河半〕での供養《くよう》の宴で、五名の清右衛門が羽沢の跡目をついだことが発表され、これをすぐさまお千が、

「先生。大変ですよ」

離れへ馳《か》けつけ、知らせてくれたのをきいて、

「ふうむ。清右衛門さんがねえ……」

小五郎も、意外のおもむちとなった。

清右衛門には、まったく、その意志がないときめこんでいたからだ。

(なるほど、そうなると……清右衛門にも大敵が無《ね》えとはいえねえ。しかし、だれだろう?)

三

翌朝は、また雨がけむりはじめた。

五名《ごみょう》の清右衛門《せいえもん》は昨夜〔河半〕へ泊りこんだが、この朝早く、阿部川《あべかわ》町の家へ帰って行ったそうな。

この日。

小五郎は、昼ごろに〔河半〕を出るつもりでいた。

お千に、駕籠《かご》をたのみ、軽く昼飯をすましたところへ、日野の佐喜松があらわれた。

佐喜松は、わざと、

「先生。御退屈じゃあございませんか?」

などと、廊下から高声にいいながら離れへ入って来たのである。

お千が、膳《ぜん》を片づけていた。

それを承知で入って来たのだ。

佐喜松は、つまらぬ冗談をいいながら、眼だけで小五郎に、

「大丈夫でしょうね?」

と、問いかけてきた。

小五郎も、眼で、

「まかせておけ」

と、こたえる。

お千が、膳を抱えて出て行こうとすると、

「じゃあ、ごめんを……」

すかさず佐喜松も立ち、お千のあとから廊下へ出て行った。

いまは、佐喜松も事を急いでいない様子が、よく看《み》てとれた。

五名の清右衛門が、みずから跡目をついだからには、何も事急ぎをする必要はない。

それよりも、こちらの尻尾《しっぽ》をつかまれぬよう、念には念を入れて、小五郎にうごいてもらったほうがよい。

小五郎も、

「今夜、殺《や》る」

とは告げなかった。

深川の船宿〔野津屋〕で、清右衛門とひそかに会うのは、今夜の五ツであるが、状況を見てからでないと、手は出せぬ。

野津屋という船宿へ行くのも、はじめてのことだし、相手は清右衛門一人と、きめてかかるわけにもゆくまい。

駕籠が来た。

「この雨に、どちらへ？」

送って出たおもんへ、

「なあに、気ばらしですよ」

「ほんにねえ……このところ、先生へは何のおかまいもできなくて……」

「とんでもない。おかみさんの胸のうちは、小五郎よっくわかりますよ」

「ありがとう存じます」

「なるべく、早くもどります」

「はい、はい」

小五郎は、いつもの着ながしに大小の刀。それに何やら細長いふろしき包みを持って〔河半〕を出たのである。

これを〔河半〕のすじ向いにある〔みよしや〕という蕎麦《そば》やの二階の窓から見ていた二人の男が、すぐに裏口から出て、小五郎の乗った駕籠のあとをつけはじめた。二人とも、すでに笠《かさ》と雨合羽の用意をしていたことから見ても、小五郎を見張っていたことがわかる。

これは、由松《よしまつ》に音次郎《おとじろう》といって、五名の清右衛門が腹心の男たちである。

二人とも、もちろん羽沢の身内なのだが、小五郎に顔を見知られてはいない。

両国橋をわたった小五郎の駕籠は外神田へ出て、九段坂をのぼりきると、市《いち》ヶ谷《や》の方へ、ゆっくりと向う。

あとをつけるには、絶好の速度であったから、由松と音次郎は何の苦もなく尾行《びこう》をつづけることができた。

いっぽう、駕籠の中の小五郎は、尾行しているものがいる、と気づいたわけではないが、

（あり得ることだ）

と、おもってはいる。

殺しをたのんだ以上、清右衛門が小五郎のうごきに目を光らせていようことは、当然といえる。

だが小五郎は、気にかけていない。

駕籠を乗り換えることもせぬ。

小五郎の胸中には、別の考えが昨夜からまとめられていた。

小五郎が駕籠をつけたのは、四谷《よつや》御門外にあるしゃも鍋《なべ》や〔万蔵金〕であった。

この店へは、亡《な》き杉山弥兵衛《やへえ》と共に何度も来ているし、つい先頃も、内藤新宿の裏手で駕籠の中の少年を襲い、おもいがけぬ隆浄和尚《おしよう》の出現で失敗をし、逃げ帰る途中、この〔万蔵金〕へ立ち寄り、芝の治助・羽沢の嘉兵衛《かへえ》両元締の暗殺を計画したことがある。

「おや、これあどうも……」

と〔万蔵金〕の亭主が、小五郎を迎え、好意のある微笑を浮かべて、

「ま、お二階へ」

「ありがとう」

小五郎も、品よく、おっとりとした口調で、

「御亭主。すまぬが、二階へ来て下さらぬか」

「はい、はい」

二階の奥座敷へ入った小五郎が金五両を小判で出し、

「たのみがある。きいて下さるか?」

「へ……」

「悪事ではないゆえ、安心をしてもらいたい」

「へ、へえ……?」

「いささか、世にはばかることのあってな」

と、あくまでも上品なことばづかいで小五郎がいった。

こういうときの山崎小五郎には、何やら生得《しょうとく》そなわった気品がにじみ出てきて、相手を魅了《みりょう》せずにはおかないのである。

「たのむ。御亭主。姿かたちを町人にしていただきたい」

「ははあ……」

「それだけのことだ。いかが?」

「は、はい。よろしゅうございますとも」

「だれにも知られぬように……」

「髪も、私がゆいあげましょう」

「そうして下さるか？」

「うまくはまいりませんが……」

「たのむ」

あとは、衣類だけを替えればよい。

小五郎が湯を浴び、ひげを剃《そ》っている間に、用意がすっかりととのえられた。

着物も帯も〔万蔵金〕の亭主のものであった。

湯からあがり、二階へもどると、亭主が来て、月代《さかやき》を剃り、髪をゆいあげてくれた。

髪ゆいのようにはゆかぬが、さほどおかしくもない。

「ありがとう、御亭主。酒をね、たのみますよ」

「はい」

「女中さんたちにも、できれば知られたくないのだが……」

「よろしゅうございますとも」

金五両のこころづけは大きい。

現代の数十万円にもあたるのだ。

そのころ……。

尾行していた二人のうち、由松のほうが浅草・阿部川町の清右衛門の家へ、

「なんと、四谷御門外の〔万蔵金〕というしゃも鍋へ入りました」

「なんだと……なんでまた……？」

「入ったきり、出て来ません」

「よし。音は見張っているのだな」

「へい」

「お前も、すぐにもどれ」

「合点です」

由松は、すぐに引っ返して行った。

見送った清右衛門が、一間きりの二階座敷へあがり、

「もし……由松の声をおききなさいましたかえ？」

と、いった。

寝そべっていた浪人が、

「きいた」

と、こたえる。

この浪人、さきおと一昨日《とい》の夜ふけに、弟の長助と別れ〔河半〕の勝手口に近い道で清右衛門が出合った旅姿のさむらいなのである。

「あわてることはない」

こういって、その浪人は寝返りをうつように清右衛門を見た。

色の黒い、金火箸《かなひばし》のように痩《や》せた浪人は、三十二、三に見える。総髪をむぞうさにたばねてい、骨張った両肩が畳について痛そうに見えるほどであった。

「ともかく、おれは先に……早目に深川へ行っていよう」

「先生。だが小五郎は、何をまた、一人きりでそんなところに？」

「さて、な……」

「どうも、わからねえ」

「爺《とつ》つぁん。野津屋へは、すじを通しているのだろうな？」

「いうまでもござんせんよ」

いって清右衛門が、ふところから金三十両を出し、

「これを、まあ、うけとって下さいまし」

「いいのか？」

「よござんすとも。半金とはいわねえ。小づかいでござんす」

「そうか……それなら、まあ、もらっておこう」

金をふところへしまいこみ、起きあがった浪人が、こういった。

「この竹内平馬《へいま》にとっても、亡き元締の敵《かたき》を討つことになる。いっておくが金ずくじゃあない。このごろのおれは、もうあまり、金と女にはこころをひかれなくなってしまっているのだ」

# 四

由松《よしまつ》が四谷《よつや》御門外へもどったとき、音次郎はまだ〔万蔵金〕を見張っていた。

「まだ、いるのか？」

「出て来やがらねえ」

「ふうむ……」

「やみそうもねえな、この雨あ……」

音次郎たちが見張っている場所は、伝馬町《てんまちょう》一丁目の角にある甲州屋という料理屋の二階の入れこみである。窓ぎわの席にすわって酒をのみながら、二人は障子を細目に開け、道をへだてた向側の糀町《こうじまち》十一丁目の角から四軒目にある〔万蔵金〕を見張りつづけていたのだ。

あたりが、うす暗くなってきた。

「いってえ、なにをしていやがるのだろう？」

「まったくなあ……」

〔万蔵金〕のおもての戸口はむろんのこと、裏口から出たとしても、二人が見張っている道へあらわれなくてはどこへも行けぬ。このことは、甲州屋へ入るまでに二人がたしかめておいた。

夕暮れも間近くなって、〔万蔵金〕への、客の出入りが、はげしくなってきている。

しかし……。

山崎小五郎は、あらわれぬ……と、二人はおもいこんでいた。

ところが、どうだ。

すでに小五郎は〔万蔵金〕を出てしまっていたのである。

〔万蔵金〕の亭主の着物を身につけた小五郎は大小の刀を〔万蔵金〕へあずけておき、白鞘《しらさや》づくりの加州・辻村《つじむら》又助兼若がきたえた一尺二寸余の脇差《わきざし》をふところへかくし、裾《すそ》を端折《はしょ》った素足に足駄をはいて裏口から道へ出て来た。

顔は傘にかくしている。

小五郎が出て来たのを、甲州屋の二階から由松と音次郎は見た。

見たが、あまりにもあざやかに変った小五郎の姿を、

(万蔵金の店の者だな)

と、おもい、気にもかけずに見のがしてしまった。

暮れ六ツ(午後六時)近くなって、二人は、たまりかね、〔万蔵金〕へ入って見た。

客がたてこんでいる。小五郎は見えない。

じりじりして来た音次郎が、酒をはこぶ小女《こおんな》をつかまえ、

「昼すぎに、これこれこんな人がここへ入ったはずだが……」

問うや、小女が、

「さあ、知りません」

と、いうのだ。

もう、こうなっては捨てておけない。

亭主の金七に来てもらい、さらに問うた。

「あ……それなら、小半刻《こはんとき》もたたないうちに、酒を二本めしあがって、出て行きましたよ」

と、金七は平然と、

「そのお方が、どうかいたしましたんで？」

問い返されて二人が、

「いや、その、別に……そうか、もう、お帰んなすったか。それならそれで、もういいのだ」

そそくさと外へ出た。

「いけねえ、見うしなったよ」

「それにしても妙だ、ちゃんと見張っていたのに……」

「いや、何か、ひょいとしたすきに、見のがしたのかも知れねえ」

「けれど由さん。あの〔万蔵金〕の亭主も怪しいものだぜ」

「なぞといっているひまはねえ。お前、おれが阿部川町《あべかわ》へ知らせに行った間に、うっかりと見のがしたのじゃあねえか」

「と、とんでもねえ」

舌打ちを鳴らした由松が、

「とにかく、おらあ、もう一度、阿部川町へ行って来る。お前は見張ってろ」

「だって、もう……」

「いや、まだ中に、いるかも知れねえ、じゃあいいな。も一度、甲州屋へもどれ」

いいつけて由松が、逸散走《いっさんばし》りに阿部川町の清右衛門《せいえもん》宅へ駈けつけると、古女房のおさいが事情《わけ》をきいて、

「ばか!」

長煙管《ながぎせる》で、ぴしりと由松のひざを打ち、

「何年うちの飯を食っていやがるのだ。もう、おそいよ」

「へ、へい……」

「元締がお帰んなさるまで、ここから一歩も出るな」

「ですがあの、音のやつ、まだ甲州屋に……」

「うっちゃっとけ!」

## 五

五名《ごみょう》の清右衛門《せいえもん》が、深川・亀久橋《かめひさ》の船宿〔野津屋〕へ入ったのは六ツ半（午後七時）である。

これを、山崎小五郎は見とどけていた。

小五郎は、清右衛門が来るすこし前に、仙台堀をへだてた〔野津屋〕の真向いにある〔鬼鉄〕という居酒屋へ入り、窓の障子をすこし開け、〔野津屋〕のおもて口を見張っていたのだ。

（よし。清右衛門は一人きりだ）

にんまりと、小五郎は笑った。

そして、二本目の熱い酒を注文した。

これほどに、こまかく神経をつかって仕事にかかる小五郎なのだが、浪人・竹内平馬《へいま》が、まだあかるいうちに〔野津屋〕へ入っていようとは、夢にもおもっていない。

しかも、あれほどに情熱を燃やし、

（ぜひにも討たねば、おれの生涯は終らぬ）

とまでおもいつめている、杉山弥兵衛《やへえ》の敵《かたき》・竹内平馬が江戸へ舞いもどっていることなど、さすがの小五郎も、おもいもおよばぬことであったといえよう。

約束の五ツになった。

小五郎は勘定をすませ、ゆっくりと〔鬼鉄〕を出た。

雨は、かなり強くなってきている。

傘をかたむけ、亀久橋をわたりきった小五郎が、まっすぐに〔野津屋〕へ入り、

「こちらに、阿部川《あべかわ》町の清右衛門さんが見えておりましょうか？」

「へ……」

ここのおかみらしい中年の女が、いぶかしげな顔つきになった。

これは清右衛門から「山崎というさむらいが来る」と、きいていたからである。

小五郎は、すぐにそれと察して、

「山崎といいます。私の顔かたちを、清右衛門さんにつたえて下さい」

と、いった。

「へえ、ちょいと、お待ちを……」

おかみが二階へあがって行き、すぐにもどって来て、

「どうぞ、おあがり下さいまして」

「ありがとう」

二階の小廊下までついて来たおかみが、

「いま、あの、すぐにお酒を……突き当りの座敷でございます」

と小五郎にいい、階下へ去った。

ごく自然な態度であっただけに、小五郎は気にとめず、

「ありがとう」

小廊下の突き当りの部屋の襖《ふすま》の外へ来て、

「清右衛門さん。いなさるか？」

「さ、どうぞ。お入んなすって……」

と、まぎれもない五名の清右衛門の声が返って来た。

「む……」

うなずいた小五郎が左手をふところへ忍ばせ、ふところから腹へかけてかくしてある兼若の鞘《さや》をつかんだ。

入って見て、見たとたんに、決行できるものなら、一気に清右衛門を斬《き》って捨てるつもりだったのである。

逃げ道は、裏梯子《うらばしご》を下りて……と、それは先刻、外から〔野津屋〕の周辺《まわり》をたしかめておいた小五郎であった。

するりと、小五郎が襖を開けた。

中の灯火は明るかった。

清右衛門は、たった一人で膳《ぜん》の前にすわっている。

「待たせたかね」

いいつつ、小五郎が中へ入り、後手に襖をしめた。しめた右手が、しずかにふところへ入る。立ちはだかったままだ。

清右衛門の顔色が、さっと変った。

小五郎は、

(しめた！)

と、感じた。

もう、清右衛門を斬殺《ざんさつ》したも同然といってよい。

細く光る山崎小五郎の両眼が、さらに細められた。その転瞬である。

どさっ、と、天井から黒い影が落ちて来た。

「う……」

落ちて来た黒い影は、足が畳へつくや否《いな》やに、脇差《わきざし》をふるって小五郎の喉《のど》もとを深ぶかと切り割っていた。

小五郎の喉から、血が疾《はし》った。

致命的な一刀をうけ、小五郎が仰向けに転倒した。

黒い影——竹内平馬が、にんまりとして、

「まさかに、おれが天井へはりついていようとは、こいつもおもわなかったろうよ」

ささやくように、清右衛門へいった。

平馬は、いまの初太刀で、小五郎が二度と起《た》てぬと見きわめをつけている。

「うまくゆきましたね。さすがは平馬先生だ」

「だが、とどめだけはさしておこうか……」

と、平馬が振り向いたとたんに、倒れていた小五郎が発条仕掛《ばねじかけ》の人形のようにはね起き、ふところの兼若の脇差を引きぬくや、竹内平馬の腹へぶすりと突き立てたものだ。

「うわ、わ……」

仰天した平馬が、よろめきつつも脇差をつかみ直したとき、山崎小五郎はうつ伏せに倒れている。

小五郎は、もう息絶えていた。

最後のちからをふりしぼって、というよりも、刺客としての、暗殺者としての研ぎすまされた神経の反射がまだ残っていて、平馬の刃《やいば》のきらめきに反応した、といったほうがよいかも知れぬ。

「あ……う……うう……」

竹内平馬が、尻《しり》もちをつき、突き立った小五郎の脇差をようやくに引きぬき、血みどろになりながら、

「早く……早く……」

と、のたうちまわっている。

さすがの清右衛門も度胆《どぎも》をぬかれ、顔面蒼白《そうはく》となっていたが、

「あ……こ、こいつは、いけねえ。すぐだ、竹内先生。すぐに医者を……」

ころげるように、清右衛門は小廊下へ飛び出していた。

この船宿は、羽沢の嘉兵衛《かへえ》や清右衛門の息がかかっている。今夜の小五郎殺しも、だいいち、だんどりをつけてあったことで、夕方から他の客は入っていなかった。

医者が駈《か》けつけて来たとき、すでに、竹内平馬は死んでいた。

山崎小五郎は、それと知ることなく、杉山弥兵衛の敵を討ったことになり、討ったこともはっきりとはわからずに、これも死んだ。

二人の死体を見下ろしながら、ようやく我にかえった五名の清右衛門が、ふてぶてしく、

「こうなりゃあ、こうなるで、それもよしか……」

と、つぶやいたものである。

死体と事件の始末に、清右衛門の弟で御用聞きの長助が、打ち合せどおり、〔野津屋〕へ駈けこんで来たのはそれから間もなくのことであった。

## 六

そして、二年の歳月がながれすぎて行った。

北国に春たけなわの或《あ》る日の午後。

真方寺の老和尚《おしよう》・隆浄は、おとずれて来た筒井藩の国家老・堀井又左衛門《またざえもん》を居間に招じ、碁《ご》を打っている。

山鶯《やまうぐいす》が、しきりに鳴いていた。

「こうして、こころものびやかに碁をかこむのも、久しぶりのことですな」

と、堀井家老がいった。

「まことに、まことに……」

隆浄和尚の声も明るい。

筒井藩十万五千石の内紛は、ようやくに解決を見た。

藩主・筒井土岐守《ときのかみ》の側妾《そばめ》おさめの方が生んだ精之助《せいのすけ》を、十万五千石の跡つぎにすえようとした江戸家老・筒井主膳《しゆぜん》の陰謀は、ついに実らなかったのである。

それというのも……。

正夫人が生んだ跡つぎの亀次郎《かめじろう》の乗った駕籠《かご》が、何者とも知れぬ刺客に襲われ、護衛の藩士四名と小者一名が斬殺《ざんさつ》されたことから、藩内は、にわかにさわがしくなった。

さいわいに亀次郎は、つきそっていた隆浄和尚と共に傷もうけず、刺客は逃走した。

「このままには捨ておけぬ！」

と、俄然《がぜん》、筒井主膳の専横《せんおう》を憎む〔忠義派〕が起《た》ちあがったのが、そのきっかけとなった。

こうして筒井藩は、いわゆる御家騒動の形態となり、双方の藩士が、それこそ、

「血で血を洗う」

争闘をくり返すにいたった。

だが……。

なんといっても、亀次郎は正統の世つぎなのである。

このことは、幕府もよく承知している。

それだけにまた、みにくい藩内の騒動が天下にひろまれば、幕府によって筒井家が〔取りつぶし〕になりかねなかった。

そこをうまく切りぬけ、むしろ幕府の助力を得て、筒井主膳派の陰謀を叩《たた》き伏せることができたのは、国家老・堀井又左衛門と隆浄和尚の必死の活動があったからこそだ、と、うわさも高い。

〔殿さま〕の土岐守も、幕府から叱《しか》りつけられては、どうにもならぬ。いつまでもおさめの方に血迷っているわけにも行かなかったろう。

幕府は、土岐守を隠居させ、世子・亀次郎をもって藩主の座につけるように命じてきた。

これは、絶対命令なのである。将軍も一時は、政治向きがふとどきであるというので、筒井藩を取りつぶさせる意向だったらしい。かくて……。

十六歳の亀次郎が藩主となり、筒井土岐守正継《まさつぐ》となったのは、この二月のことだ。

この領国へ入府するのは、もっと先のことになるが、いまは堀井又左衛門をはじめ〔忠義派〕の重臣が結束して政治にあたっている。

江戸家老・筒井主膳は、筒井家の親類だけに死をまぬがれたが、領内の、日本海に浮かぶ〔千鳥島〕へながされ、そこで謹慎している。

納戸役《なんどやく》・奥野定之進《さだのしん》をはじめ、筒井主膳派の藩士十七名が切腹させられた。

「それにしても……」

と、碁が終って、城下へ帰ろうと真方寺を出た堀井又左衛門は、山門まで送って来た隆浄和尚に、

「いまごろは、いずこにおわすやら……?」

いいさして、暗然となった。

和尚は、こたえない。

堀井家老は、

「いうても詮《せん》ないことか……」

かすれた声でいい、馬へ乗った。

「では、和尚どの」

「近きうちに、こちらより御城下へまいります」

「お待ちしております」

堀井又左衛門を見送ってから、和尚は、墓地へまわってみた。

「いまごろは、いずこにおわすやら？」

といった、堀井家老の声が、また耳へよみがえってくる。

いずこにおわす？……といったのは、十年前まで、この真方寺にいた僧の隆心——山崎小五郎のことなのである。

小五郎は、いまの筒井家の殿さま・土岐守正継の〔叔父〕にあたる。

だから、小五郎が真方寺にいたころの〔殿さま〕の腹ちがいの弟ということになるのだ。

先々代の筒井藩主・筒井若狭守《わかさのかみ》が晩年に、領内の大神山へ狩りに出かけた折、高時村の庄屋・関口伝左衛門の屋敷へ一泊し、そのとき、伝左衛門の姪《めい》にあたるお清《きよ》へ手をつけた。

その一夜で、お清は子を身ごもった。

これは、筒井藩としても捨ててはおけぬ。

世つぎは決まっているし、何ら問題はないのだが、筒井若狭守は、お清を城中へよびよせるほどの興味もなかったらしい。

そこで、堀井又左衛門が充分に手をつくし、庄屋の屋敷で、お清に子を生ませた。

生まれた子こそ、山崎小五郎であった。

ところが、お清は小五郎を生んで間もなく、産後が悪くて急死してしまったのである。

生まれた小五郎は、約二年間、母の叔父・関口伝左衛門の屋敷で育てられた。

この間、若狭守も重病におちいったし、城中へ引き取ることが非常にむずかしくなったのだ。

そこで……。

堀井家老と隆浄和尚が相談をし、捨て子のかたちで和尚が引き取り、真方寺で修行をさせ、さらに、他の寺院へも送ったのち、あらためて、筒井家の菩提所《ぼだいしょ》である城下の東長寺の住職に迎えることにきめたのだ。

それだけに……。

小五郎が、十七歳のとき、柴白《しばしろ》村の庄屋の後家・お吉との情事がもとで真方寺を脱走したときの、隆浄和尚の苦悩は深刻なものであったといえよう。

しかも、である。

八年後に、久しぶりで江戸へ出て来た和尚が、生母と共に暮している世子の亀次郎を四谷《よつや》の下屋敷におとずれ、三日に一度、四谷表町に住む学者の酒巻淳庵《さかまきじゅんあん》のもとへ講義をうけに行く亀次郎にしたがい、

「久しぶりで、淳庵どのへお目にかかりとうござる」

と、酒巻邸を訪問しての帰途、内藤新宿の裏道で、山崎小五郎が若殿の駕籠を襲撃したのを見て、

(これは……?)

隆浄和尚は、愕然《がくぜん》としたものだ。

(あのとき、なぜに……?)

なぜに、小五郎が襲いかかったのか、いまもってわからない。

一時は、小五郎が筒井主膳派に与《くみ》していたのか、とも考えた。

けれども、主膳一派が潰滅《かいめつ》したとき、小五郎の痕跡《こんせき》はどこにも見当らなかった。

それにもまして……。

駕籠につきそっていた藩士たちを、あっという間に斬《き》り倒した小五郎の剣の冴《さ》えには、隆浄和尚も、

(あれが、まこと、あの隆心……いや、あの松丸《まつまる》さまだったのか?)

夢魔に襲われたようなおもいが、いまもしている。

和尚は、隆心が山崎小五郎と名乗っていたことさえ知らぬ。

＊

墓地には、春の陽がみちあふれていた。

(松丸さまは、いま、どこにおわすのか……帰って来て下されるとよいのだが……わしはあのときのことを、まだ、だれにも洩《も》らしてはおらぬ。堀井又左衛門殿にすらも……)

ぼんやりと、和尚は墓地をぬけ、庫裡《くり》へ通ずる小道へ歩み入った。

そのとき、

「和尚さま、もし、和尚さま」

墓地の一角から、よびかける女の声に、振り向くと、いまは柴白村の庄屋になっている与平治(亡夫の弟)と再婚したお吉が、笑いかけていた。

「おお……お吉どのか」

こたえたが、和尚の耳には、お吉の声もよくわからない。

(この女さえ、いなかったら、松丸さまも、あのようにはならなんだであろうに……)

であった。

〔松丸〕とは、小五郎が生まれ落ちたときにつけられた名である。

お吉は、小五郎が脱走した夜ふけに、物置小屋へさそい出され、強烈にくび、、を締めつけられた。

小五郎は、完全に絞殺《こうさつ》したと信じこんでいたようだが、お吉は、しばらくして息をふき返したのである。女の肉体は、このようなとき、まことにしぶとい生命力を発揮するものなのだ。

いま、お吉は亡夫の子の茂太郎（二十歳）と、現在の弟・与平治が先妻との間にもうけた二人の子どもと共に、平穏な暮しを送っている。

与平治は、妻の子であり、亡《な》き兄の子でもある茂太郎が二十五歳になったとき、

「わしは隠居して、跡を茂太郎にゆずる」

と、いっているそうな。

お吉が、しきりに何かいいかけるのへ、軽くうなずきながら、隆浄和尚は、庫裡への道をひっそりと下って行った。

（あの女……あの女さえ、松丸さまへみだら、、、なことを仕かけなかったらいまごろは松丸さまも、二十七歳の、立派な僧侶《そうりょ》となっておわしたろうに……）

その、和尚の想《おも》いなど知るわけもなく、そしてまた、隆心との情事のことなど忘れ

きってしまっているお吉は、四十をこえてめっきりと肥えた躰《からだ》を、墓詣《はかもう》でにつきそって来たわが子の茂太郎へ向け、

「変な和尚さまだこと。何やら気落ちして……」

「ほんに、今日は和尚さま、どうかしていなさる」

「お年齢《とし》ゆえなあ……もう、そうは長うないのやも知れぬ」

墓地の木立にも、老鶯《ろうおう》の転鳴《てんめい》がしきりであった。

若葉の鮮烈なにおいをかいでも、いまのお吉は、もう胸がさわぐこともないらしい。

# 解説

佐藤隆介

毎朝読む新聞に「犯罪」の記事が一つも載っていないということが、かつてあっただろうか。それも「殺人」が報道されなかった日があっただろうか。

人を殺すということは大変なことである。その大変なことが日常茶飯事になっている。人間という生きものには、だれでも、潜在的な殺人の欲望があるのかもしれない、とさえ思いたくなる。

考えてみれば……私自身、そういう衝動に駆られたことがないとはいえない。理由はたいてい至極単純なことである。傍若無人に走って来た外車をやっとの思いで避け、泥水をかけられたときなど、頭に血が昇ってしまい、

（ブッコロシテヤル！）

という気になる。

現実には何もできない。せいぜい家へ帰って女房子どもに当たり散らしておしまいである。そういう自分が情けない。真夜中、〆切《しめき》りを目前にしてねじり鉢巻で仕事を

しているとき、家の前を暴走族の団体が突っ走る。しつこく何度も往来する。そういうとき、

(機関銃があったら、あいつら、ミナゴロシにしてやる!)

と、いつも思う。

現実には、機関銃は持っていないし、もし持っていたところで私には何もできないに違いない。いや、案外そうではあるまい。機会と手段があり、しかも自分自身は決して罪を問われないという保証があったら、私には人を殺さないといい切る自信はない。

人間が殺人者になるか否《いな》かの分かれ目なんて、実はほんのちょっとしたことに過ぎないのではないか。私も、あなたも、殺人者になって新聞に顔写真が出る可能性は、いつだってあるのではないか。

〔闇《やみ》は知っている〕という小説を読み返しながら、私はそんなことを考えた。これは金で殺人を請負う、いわゆる「殺し屋」を主人公とした一篇である。

真方寺のまだ十七歳の僧・隆心は、若い肉体をもて余している。坊主《ぼうず》になるべく育てられて来たが、さっぱり身が入らない。毎日、空を仰いでは
「つまらぬ……」

と、つぶやく。要するにどうということもない十七歳である。その隆心が、山崎小

五郎という名の殺し屋となり、わずか二十五、六で死ぬまでの必然的なプロセスを、池波正太郎は有無をいわせぬ調子で描き切っている。読み終わったとき、隆心は山崎小五郎にならざるを得なかったし、山崎小五郎はこのように死なざるを得なかったのだ……と、だれしも思うはずである。

この小説の作者は、あくまで非情である。池波正太郎にしては珍しいことではあるまいか。それとも、この非情さこそ池波正太郎の作家としての真骨頂なのだろうか。

若い僧・隆心が暗黒の世界へ傾斜して行くそもそものきっかけは「女」である。世の中のことは何もわからぬ青年が、年増《としま》の後家お吉の躰《からだ》を知った日から、何もかもが一変してしまう。隆心は、当然のことながら、お吉に夢中になる。性欲と愛との区別など、むろんわかりはしない。

「ああもう……こんなおもいをしたことがない……」

と、お吉のほうも有頂天となり、

「もう、いっそのこと、隆心さんと、どこかへ……どこかへ逃げて行ってしまいたい」

などと口走ったとき、隆心はお吉の台詞《せりふ》をそのまま信じ込んでしまう。信じるほうが愚かなのだ。しかし、その若さゆえの愚かさを責めることはできない。

同じように、お吉をも責めることはできない。後家の火遊びを責めることに何の意味もありはしないからだ。池波正太郎は、隆心を笑うこともしないし、お吉をののしることもない。若い男とはこうしたもの、女とはこうしたもの……と、人生の事実を非情な筆致で綴《つづ》るだけである。作者の姿勢が非情であるだけに、かえって私たち読者は、人間という生きものについて否応《いやおう》なく考えさせられることになる。

私自身は、自分が男の端くれであるために、

(女というのは恐ろしい……)

と、とりあえず隆心に同情し、お吉に腹を立てる。この女のためならどうなってもいいとまで思いつめた女に、

「隆心さんとわたしとの間には何事もないのですよ、わかっていますね。さ、そのお金をもって、早く帰って下され。屋敷のものが目をさましたら困ります。さ、早《はよ》う、早う……」

と、追い立てられたら、私だってやっぱりお吉を殺しかねないだろう。人間が殺人者になるか否《いな》かの分かれ目は、ほんのちょっとしたことだ、と書いた。その「ほんのちょっとしたこと」の具体例を池波正太郎は書いている。毎日の新聞記事に殺人事件の一つや二つが載っている所以《ゆえん》がわかったような気がする。殺人者として仰々しく書き立てられる人間は、何も私やあなたと違う特別な人間ではないのだ。同じ人間という生きものでしかないのだ。

「人間というものはだれでも殺し屋になれるものだ……」という作者の声が聞こえて来るような気がし、思わず慄然《りつぜん》とする。よしんば職業的殺し屋とはならないまでも、善も悪も紙一重、どちらも人間の本性なのだと池波正太郎はいっているように思える。甘ったるいロマンチシズムはこの小説のどこにもない。そういう意味では、これは非常に辛口の、大人のための小説といってよいだろう。

〔闇は知っている〕の主題は何だろうか。ここに登場する人物たちは、いずれも闇の世界の住人である。殺人という仕事をビジネスとする男たち、主人公の山崎小五郎をはじめ、その師であり親代わりでもある杉山弥兵衛《やへえ》、香具師《やし》の元締・羽沢の嘉兵衛《かへえ》、同じく芝の治助……彼らは一見、きわめて特殊な、つまり私たちのように平々凡々と暮らしている人間とはまったく別の存在のごとくである。

しかし、本当にそうだろうか。考えてみたら彼らと私たちの間に一体どれだけの違いがあるといえるだろう。闇の世界の住人たちを描くことによって、池波正太郎は、逆に人間一般の時代や社会をこえたつねに同じ姿を描いているように思える。

今様なことばでいえばダーティ・ヒーローというのかもしれない山崎小五郎は、その行状だけを見ると、まことにすさまじい「悪」である。狡智《こうち》に巧け、反省は少しもなく、天与の美貌《びぼう》と剣技にものをいわせて、女を犯し、人を殺し、金品を強奪する。わずか十八歳にして、

(世の中とは、こんなものなのか……食べて寝て、女を抱く、これだけのことにすぎぬ)

と、醒《さ》め切った目で世の中をながめている。そんな青年にも、たまたま出会った浪人・杉山弥兵衛を実の父のように慕う純情な心がある。剣術に鍛えぬかれた躰ではあっても、横顔に深いしわを刻んでいる弥兵衛を見て、小五郎は、

(めっきりと白髪《しらが》が、ふえたな)

と、思う。このときの山崎小五郎の心は、明らかに父を思う子のそれである。小五郎と弥兵衛が結局永久《とわ》の別れを告げることになった伏見の夜船の情景は美しい。「いたずらをとがめられた小さな子供が、父親に向ってよびかけているような……」甘えた声を出す小五郎に「悪」のイメージはまるでない。

池波正太郎の小説が読後に何ともいえないさわやかな余韻を残すのは、こういう描写があるためだろう。山崎小五郎もまた、一人では生きられない寂しい人間であることを知り、私たちはこのダーティ・ヒーローにある種の共感を覚えるのである。

冷酷無残に人を殺す小五郎だが、どうしても殺せない場合がある。

「男であれ女であれ、子供だろうが老人《としより》だろうが……ともかく、その駕籠《かご》の中の人を殺《や》っておくんなさりゃあいいのだ」

と、依頼されながら、駕籠に付き添っていた老僧をついに斬《き》ることができない。そ

して駕籠の中の子供にも手が出せない。結局、山崎小五郎は007《ダブルオーセブン》のような殺人機械ではあり得ない。荒唐無稽《こうとうむけい》というしかないバイオレンス・ノベルの類《たぐ》いと、池波正太郎の小説が一線を画すのは、まさにこの点であろう。

池波正太郎が描く闇の世界は、そのまま私たちの現実社会の縮図に他《ほか》ならない。抜き差しならぬ人間関係のしがらみの中で、必死に生き延びようとする真剣さは、闇の世界の住人たちのほうが私たちよりもはるかに強い。一瞬の気の緩みがただちに死につながる世界に彼らは生きているからである。彼らに比べて私たちは何と怠惰な、微温湯《ぬるまゆ》的な生きかたをしていることだろう。本当に人間らしく生きているのはむしろ彼らのほうであり、私たち現代人は半ば死んでいるも同然……と、作者・池波正太郎が皮肉っているような気がしないでもない。

〔闇は知っている〕の中では、さまざまな人間関係のありかたが抉《えぐ》り出されている。男にとっての女。女にとっての男。親と子。仕事というものによって結びつけられ、あるいは切り離される男たちの関係。それらのすべては私たち自身のものでもある。だれも自分一人では生きて行けない以上、これらの複雑な人間関係を何とかスムーズに保っていかなければならない。この小説は、そのことについて読者に少なからぬ示《し》唆《さ》を与えるだろう。登場人物の一人ひとりに、作者自身の円熟した人生術が投影されているからである。

この長篇小説では、跡目相続ということが一つのテーマになっている。人間社会のあらゆる領域につきまとうこの問題は、まことに厄介なものである。それまで微妙なバランスを保っていた人間関係に、突然、空白部分が生じ、隠されていたエゴイズムが噴出する。そこに隠微な葛藤《かっとう》が始まり、血なまぐさい争いが起こるのは当然のことといってよい。

この小説の中では大名家の跡目相続と、香具師の世界のそれとが意外なかたちでからみ合いながら展開して行く。それぞれまったく別の世界の事件であるように思えることが、次第につながって行き、必然的な結末に向かって流れて行く様は、さながら映画を観《み》るようである。多彩であり、スピーディであり、厚みがあり、しかも無駄がない。池波正太郎ならではの小説作法が最もよく生かされた代表的傑作の一つではないだろうか。

木立に蟬《せみ》が鳴きこめている真方寺の墓地で始まったドラマは、再び同じ墓地にもどって終わるのだが、何と最後の瞬間に、私たちは見事なドンデン返しを食わされる。結局、最初から最後まで読者は池波正太郎に翻弄《ほんろう》され続けることになるのだ。

〔闇は知っている〕を読んだら、是が非でも〔闇の狩人《かりうど》〕（同じく新潮文庫にある）を読まないわけにはいかないだろう。これにも五名《ごみょう》の清右衛門《せいえもん》や、芝の治助や、白金の徳蔵など、闇の世界の錚々《そうそう》たる連中が出てくる。ウイークエンドの夜を充実させるのに、これ以上面白い本はないとお勧めする。ただし、その結果あなたが池波正太郎の小説中毒にかかったとしても、私は知らない。

（昭和五十六年十二月、コラムニスト）

この作品は昭和五十三年十一月立風書房より刊行された。

池波正太郎著

剣客商売①

# 剣客商売

白髪頭の粋な小男・秋山小兵衛と巌のように逞しい息子・大治郎の名コンビが、剣に命を賭けて江戸の悪事を斬る。シリーズ第一作。

池波正太郎著

剣客商売②

# 辻斬り

闇の幕が裂け、鋭い太刀風が秋山小兵衛に襲いかかる。正体は何者か？ 辻斬りを追跡する表題作など全7編収録のシリーズ第二作。

池波正太郎著

剣客商売③

# 陽炎の男

隠された三百両をめぐる事件のさなか、男装の武芸者・佐々木三冬に芽ばえた秋山大治郎へのほのかな思い。大好評のシリーズ第三作。

池波正太郎著

剣客商売④

# 天魔

「秋山先生に勝つために」江戸に帰ってきたとうそぶく魔性の天才剣士と秋山父子との死闘を描く表題作など全8編。シリーズ第四作。

池波正太郎著

剣客商売⑤

# 白い鬼

若き日の愛弟子を斬り殺された秋山小兵衛が、復讐の念に燃えて異常な殺人鬼の正体を追及する表題作など、大好評シリーズの第五作。

池波正太郎著

剣客商売⑥

# 新妻

密貿易の一味に監禁された佐々木三冬を秋山大治郎が救い出すと、三冬の父・田沼意次は嫁にもらってくれと頼む。シリーズ第六作。

池波正太郎著　剣客商売⑦　隠れ簑

盲目の武士と托鉢僧。いたわりながら旅を続ける年老いた二人の、人知をこえた不思議な絆を描く「隠れ簑」など、シリーズ第七弾。

池波正太郎著　剣客商売⑧　狂乱

足軽という身分に比して強すぎる腕前を持ったがゆえに、うとまれ、踏みにじられる侍の悲劇を描いた表題作など、シリーズ第八弾。

池波正太郎著　剣客商売⑨　待ち伏せ

親の敵と間違えられた大治郎がその人物を探るうち、秋山父子と因縁浅からぬ男の醜い過去が浮かび上る表題作など、シリーズ第九弾。

池波正太郎著　剣客商売⑩　春の嵐

わざわざ「名は秋山大治郎」と名乗って辻斬りを繰り返す頭巾の侍。窮地に陥った息子を救う小兵衛の冴え。シリーズ初の特別長編。

池波正太郎著　剣客商売⑪　勝負

相手の仕官がかかった試合に負けてやることを小兵衛に促され苦悩する大治郎。初孫・小太郎を迎えいよいよ冴えるシリーズ第十一弾。

池波正太郎著　剣客商売⑫　十番斬り

無頼者一掃を最後の仕事と決めた不治の病の孤独な中年剣客。その助太刀に小兵衛の白刃が冴える表題作など全7編。シリーズ第12弾。

池波正太郎著
料理＝近藤文夫
剣客商売 庖丁ごよみ

著者お気に入りの料理人が腕をふるい、「剣客商売」シリーズ登場の季節感豊かな江戸料理を再現。著者自身の企画になる最後の一冊。

池波正太郎著
剣客商売 番外編 黒白（上・下）

若き日の秋山小兵衛に真剣勝負を挑んだ小野派一刀流の剣客・波切八郎。対照的な二人の剣客の切り結びを描くファン必読の番外編。

池波正太郎著
真田太平記（一〜十二）

天下分け目の決戦を、父・弟と兄とが豊臣方と徳川方とに別れて戦った信州・真田家の波瀾にとんだ歴史をたどる大河小説。全12巻。

池波正太郎著
忍者丹波大介

関ケ原の合戦で徳川方が勝利し時代の波の中で失われていく忍者の世界の信義……一匹狼となり暗躍する丹波大介の凄絶な死闘を描く。

池波正太郎著
男（おとこぶり）振

主君の嗣子に奇病を侮蔑された源太郎は乱暴を働くが、別人の小太郎として生きることを許される。数奇な運命をユーモラスに描く。

池波正太郎著
闇の狩人（上・下）

記憶喪失の若侍が、仕掛人となって江戸の闇夜に暗躍する。魑魅魍魎とび交う江戸暗黒街に名もない人々の生きざまを描く時代長編。

池波正太郎著
# 闇は知っている

金で殺しを請け負う男が情にほだされて失敗した時、その頭に残忍な悪魔が棲みつく。江戸の暗黒街にうごめく男たちの凄絶な世界。

池波正太郎著
# 雲霧仁左衛門（前・後）

神出鬼没、変幻自在の怪盗・雲霧。政争渦巻く八代将軍・吉宗の時代、狙いをつけた金蔵をめざして、西へ東へ盗賊一味の影が走る。

池波正太郎著
# さむらい劇場

八代将軍吉宗の頃、旗本の三男に生れながら、妾腹の子ゆえに父親にも疎まれて育った榎平八郎。意地と度胸で一人前に成長していく姿。

池波正太郎著
# おとこの秘図（上・中・下）

江戸中期、変転する時代を若き血をたぎらせて生きぬいた旗本・徳山五兵衛——逆境をはねのけ、したたかに歩んだ男の波瀾の絵巻。

池波正太郎著
# 忍びの旗

亡父の敵とは知らず、その娘を愛した甲賀忍者・上田源五郎。人間の熱い血と忍びの苛酷な使命とを溶け合わせた男の流転の生涯。

池波正太郎著
# 編笠十兵衛（上・下）

幕府の命を受け、諸大名監視の任にある月森十兵衛は、赤穂浪士の吉良邸討入りに加勢。公儀の歪みを正す熱血漢を描く忠臣蔵外伝。

池波正太郎著
## 秘伝の声（上・下）
師の臨終にあたって、秘伝書を土中に埋めることを命じられた二人の青年剣士の対照的な運命を描きつつ、著者最後の人生観を伝える。

池波正太郎著
## 人斬り半次郎（幕末編・賊将編）
「今に見ちょれ」。薩摩の貧乏郷士、中村半次郎は、西郷と運命的に出遇った。激動の時代を己れの剣を頼りに駆け抜けた一快男児の半生。

池波正太郎著
## 堀部安兵衛（上・下）
因果に鍛えられ、運命に磨かれ、「高田の馬場の決闘」と「忠臣蔵」の二大事件を疾けた赤穂義士随一の名物男の、痛快無比な一代記。

池波正太郎著
## 戦国幻想曲
天下にきこえた大名につかえよ、との父の遺言を胸に「槍の勘兵衛」として名を馳せ、己の腕一本で運命を切り開いていった男の一代記。

池波正太郎著
## 剣の天地（上・下）
戦国乱世に、剣禅一如の境地をひらいて新陰流の創始者となり、剣聖とあおがれた上州の武将・上泉伊勢守の生涯を描く長編時代小説。

池波正太郎著
## 俠客（上・下）
「お若えの、お待ちなせえやし」の幡随院長兵衛とはどんな人物だったのか——旗本水野十郎左衛門との宿命的な対決を通して描く。

池波正太郎著

上意討ち

殿様の尻拭いのため敵討ちを命じられ、何度も相手に出会いながら斬ることができない武士の姿を描いた表題作など、十一人の人生。

池波正太郎著

真田騒動
―恩田木工―

信州松代藩の財政改革に尽力した恩田木工の生き方を描く表題作など、大河小説『真田太平記』の先駆を成す〝真田もの〟5編。

池波正太郎著

あほうがらす

人間のふしぎさ、運命のおそろしさ……市井もの、剣豪もの、武士道ものなど、著者の多彩な小説世界の粋を精選した11編収録。

池波正太郎著

おせん

あくまでも男が中心の江戸の街。その陰にあって欲望に翻弄される女たちの哀歓を見事にとらえた短編全13編を収める。

池波正太郎著

あばれ狼

不幸な生い立ちゆえに敵・味方をこえて結ばれる渡世人たちの男と男の友情を描く連作3編と、『真田太平記』の脇役たちを描いた4編。

池波正太郎著

谷中・首ふり坂

初めて連れていかれた茶屋の女に魅せられて武士の身分を捨てる男を描く表題作など、本書初収録の3編を含む文庫オリジナル短編集。

池波正太郎著
まんぞくまんぞく
十六歳の時、浪人者に犯されそうになり家来を殺されて、敵討ちを誓った女剣士の心の成長の様を、絶妙の筋立てで描く長編時代小説。

池波正太郎著
黒幕
徳川家康の謀略を担って働き抜き、六十歳を越えて二度も十代の嫁を娶った男を描く「黒幕」など、本書初収録の4編を含む11編。

池波正太郎著
賊将
幕末には〔人斬り半次郎〕と恐れられ、西郷隆盛をかついで西南戦争に散った桐野利秋を描く表題作など、直木賞受賞直前の力作6編。

池波正太郎著
武士《おとこ》の紋章
敵将の未亡人で真田幸村の妹を娶り、睦まじく暮らした滝川三九郎など、己れの信じた生き方を見事に貫いた武士たちの物語8編。

池波正太郎著
夢の階段
首席家老の娘との縁談という幸運を捨て、微禄者又十郎が選んだ道は、陶器師だった――表題作等、ファン必読の未刊行初期短編9編。

池波正太郎著
江戸の暗黒街
江戸の闇の中で、運・不運にもまれながらも、与えられた人生を生ききる男たち女たちを濃やかに描いた、「梅安」の先駆をなす8短編。

池波正太郎著
# 原っぱ
旧作の再上演を依頼された初老の劇作家の心の動きと重ねあわせながら、滅びゆく東京の街への惜別の思いを謳った話題の現代小説。

池波正太郎著
# 食卓の情景
鮨をにぎるあるじの眼の輝き、どんどん焼屋に弟子入りしようとした少年時代の想い出など、食べ物に託して人生観を語るエッセイ。

池波正太郎著
# 散歩のとき何か食べたくなって
映画の試写を観終えて銀座の〔資生堂〕に寄り、はじめて洋食を口にした四十年前を憶い出す。今、失われつつある店の味を克明に書留める。

池波正太郎著
# 日曜日の万年筆
時代小説の名作を生み続けた著者が、さりげない話題の中に自己を語り、人の世を語る。手練の切れ味をみせる〝とっておきの51話〟。

池波正太郎著
# 男の作法
これだけ知っていれば、どこに出ても恥ずかしくない！　てんぷらの食べ方からネクタイの選び方まで、〝男をみがく〟ための常識百科。

池波正太郎著
# 男の系譜
戦国・江戸・幕末維新を代表する十六人の武士をとりあげ、現代日本人と対比させながらその生き方を際立たせた語り下ろしの雄編。

# 闇《やみ》は知《し》っている

新潮文庫　い-16-11

昭和五十七年一月二十五日　発行
平成十五年五月十日　四十六刷改版
平成二十一年二月二十日　五十三刷

著者　池《いけ》波《なみ》正《しょう》太《た》郎《ろう》

発行者　佐藤隆信

発行所　株式会社　新潮社

郵便番号　一六二―八七一一
東京都新宿区矢来町七一
電話　編集部(〇三)三二六六―五四四〇
　　　読者係(〇三)三二六六―五一一一
http://www.shinchosha.co.jp

価格はカバーに表示してあります。

乱丁・落丁本は、ご面倒ですが小社読者係宛ご送付ください。送料小社負担にてお取替えいたします。

印刷・二光印刷株式会社　製本・株式会社植木製本所



ISBN978-4-10-115611-8 C0193